REGNE DELS BOSCOS
POBLAT RANIJA
Mar dels Cam
POBLAT SEPCHA
JANGALALIANA
MANGLAR
LLACUNA MARAGDA
POBLAT KNOT
POBLAT TAMANG

Princeses del Regne de la Fantasia

4

Textos de Tea Stilton
*Col·laboració editorial d'*Elena Peduzzi
Coordinació de textos de Patrizia Puricelli
Coordinació editorial de Benedetta Biasi
Coordinació artística de Roberta Bianci
Assistència artística de Lara Martinelli
Disseny original de les Princeses del Regne de la Fantasia de Silvia Bigolin
Il·lustracions de Silvia Bigolin
*Projecte fotogràfic d'*Els secrets de Iara *de* Silvia Fusetti
amb les il·lustracions de Silvia Bigolin
Mapa de Carla De Bernardi *i* Carrlotta Casalino
Coberta de Jacopo Bruno
Sobrecoberta interior de Silvia Bigolin
Projecte gràfic interior de Marta Lorini
Títol original: *Principessa delle Foreste*
Traducció de M. Dolors Ventós Naves

Estrella Polar, Peu de la Creu 4, 08001 Barcelona.
www.estrellapolar.cat
info@estrellapolar.cat
www.geronimostilton.cat

Primera edició: abril del 2012
Segona edició: juliol del 2012
ISBN: 978-84-9932-799-0
Dipòsit legal: B.6.193-2012
Fotocomposició: Víctor Igual, s.l.
Impressió: Egedsa
Imprès a Espanya – Printed in Spain

Tea Stilton

La PRINCESA dels BOSCOS

Estrella Polar

Personatges

Iara

Té setze anys i un caràcter que déu n'hi do. Iara és la Princesa del Regne dels Boscos i és la més jove de les Princeses del Regne de la Fantasia.

Sumati

Per a la Princesa dels Boscos, Sumati és un autèntic punt de referència. Va ser ella qui va tenir cura de Iara després de la separació de les germanes i la va criar amb amor i la dedicació d'una mare de debò.

Arun

El palau reial de Jangalaliana és obra d'Arun, l'arquitecte fuster del regne. És un home esquerp, de poques paraules. Val a dir que les seves creacions, si te les mires bé, també et deixen sense paraules.

Darany

Que comenci el ball! Arriba Darany, el músic de la cort! El palau reial de Jangalaliana s'enorgulleix de posseir una gran col·lecció d'instruments musicals que Darany conserva com un valuós tresor.

VANNAK

Cap de la tribu dels Nai-Lais, des de sempre hostils al Rei Savi i a la princesa Iara. Vannak és un jove bel·licós i aguerrit. Però el seu caràcter combatiu haurà de cedir davant d'una cosa més forta i més gran...

LALIMA

La pantera de pelatge vellutat és la fidel companya de la princesa. La van trobar al Manglar quan era un cadellet i, des de llavors, Iara i Lalima són dues amigues inseparables!

EL SAVI DELS COLEÒPTERS

En una cabana situada en un coster de les Muntanyes Moscades hi viu un ancià savi, vinculat a la tribu dels Nai-Lais. Sembla que darrere el seu caràcter esquiu s'amaguen arts i secrets misteriosos...

VERDELJ

Els farcellets de papir farcits d'arròs són una de les especialitats de Jangalaliana. Els prepara una cuinera d'excepció: Verdelj, la goril·la de la cort.

Ja me n'adono, estimats amics: les coses s'estan complicant molt. Però, ja sabeu que és en les dificultats que es distingeixen les persones de vàlua. Ja sé que esteu preocupats pels nostres coratjosos personatges. Acaben d'arribar al Regne dels Boscos per avisar la princesa Iara i ajudar-la a defensar el més preciós que hi ha al regne, i ja han topat amb un problema. Què faríeu vosaltres si us trobéssiu al davant d'un goril·la enfurismat? Jo estaria espantadíssima i no sabria com reaccionar. Confio que Kalea, Samah i Gunnar se'n surtin més bé que jo. N'estic segura.

Mentre els nostres herois proven d'entendre per què està tan enrabiat amb ells el goril·la, us aconsello que mireu al voltant vostre: havíeu vist mai un bosc tan atapeït? M'imagino que no, perquè el Bosc Vivent és el més extens i imponent dels Cinc Regnes. El formen arbres que arriben fins als seixanta metres d'altura gràcies a les pluges abundants i a l'elevat grau d'humitat. I veieu aquelles flors d'allà a baix? Vull dir les blanques. Són meravelloses, oi? Doncs són unes flors molt especials. Si m'acompanyeu, descobrireu el perquè vosaltres mateixos.

Ara doneu un cop d'ull al sotabosc: entre arbustos, falgueres i mil plantes més, hi podríeu veure les papallones ballarines d'ales de vellut, plenes de color. I també un ocell sense cua, molt graciós, que sembla una gallina. Es coneix amb el nom de tiní i, normalment, es passeja pel bosc de nit.

I també hi ha mones i goril·les, jaguars i lleopards, depredadors que es mouen àgilment entre les branques i preses que s'amaguen en l'intricat laberint d'arbres. Per tant: estigueu molt alerta, sobretot!

I ara, tornem amb les princeses i Gunnar. Els hem deixat en presència d'un goril·la enfurismat. Creieu que es tracta d'un parany del Príncep sense Nom? Només ho podreu esbrinar si llegiu el llibre.

Acompanyeu-me! Amaguem-nos darrere d'aquest tronc! Des d'aquí podrem veure els nostres herois.

Ara, aguanteu la respiració i compteu fins a tres.

Està a punt de començar una altra aventura!

Tea Stilton

Primera Part

1
Una arribada accidentada

La llum del sol fendia les capçades dels arbres com un ganivet esmolat. Els rumors del bosc havien emmudit de cop: semblava que estigués a punt de passar alguna cosa extraordinària entremig d'aquells arbres centenaris. Samah, Kalea i Gunnar s'havien quedat de pedra davant de l'enorme goril·la que havia aparegut tot de sobte. Tenia un aire amenaçador i feia un grunyit somort però continu.

–Allunyeu-vos! Ja me n'encarrego jo –va dir Gunnar. Va fer un pas endavant, però l'animal va fer un grunyit esfereïdor que el va paralitzar de cop.

–Potser no és una idea gaire bona –va suggerir Samah.

–Tu què ens aconselles? –va preguntar Kalea.

–Caldria saber per què està tan enrabiada amb nosaltres, aquesta mola peluda.

–Silenci!, sento alguna cosa –va dir Gunnar parant l'orella.

El rumor va continuar; poc després, entre les fulles d'una mata baixa, va aparèixer el caparró d'un altre animal. Era una cria de goril·la i semblava espantada. Es movia com si provés d'alliberar-se d'alguna cosa.

–És clar! –va exclamar Kalea–. És una mare que vol protegir el seu petit.

–I, pel que sembla, la cria té un problema –va observar Gunnar–. En aquests casos, el millor que podem fer és...

–Deixeu-me fer a mi! –va dir Kalea mentre es dirigia amb seguretat cap al petit goril·la.

Samah va provar d'aturar-la:

–Què fas, Kalea?! És perillós!

Però la Princesa dels Coralls estava ben decidida a ajudar la cria. Tenia un instint de protecció que sempre la impulsava a tenir cura dels éssers indefensos.

Resignat, Gunnar la va deixar passar mentre vigilava de reüll l'enorme femella de goril·la.

L'animal va esbufegar, inquiet, però no es va moure.

Kalea es va posar de quatre grapes per no espantar

gaire la cria, va apartar delicadament les fulles i llavors va veure que el petit goril·la tenia un peu atrapat en un llaç. Havia caigut en una trampa!

Tots aguantaven la respiració i tenien la vista clavada en les mans de Kalea, que en pocs segons van afluixar la corda i van alliberar la cria.

–Vés-te'n, petitó! Ets lliure –el va animar la Princesa dels Coralls amb una carícia.

La cria va mirar Kalea i va obrir els llavis amb una expressió que s'assemblava a un somriure.

Abans de tornar-se a endinsar en el bosc, l'enorme femella es va tombar cap a la Princesa dels Coralls, com si ella també li volgués donar les gràcies.

–Has estat molt valenta –va dir Gunnar.

–És més fort que jo –li va replicar Kalea.

–Estic orgullosa de tu –va afegir Samah.

Kalea va somriure, ja fos per la tensió que havia alliberat o per l'alegria de tenir al seu costat Samah. I aviat retrobaria Iara, també. «Ja és ben veritat», va pensar amb el seu optimisme innat, «que darrere de cada imprevist s'amaga sempre una cosa bonica; només cal saber-la veure».

Tots tres es van posar a caminar pel bosc, que semblava un tapís d'ombres i llums que s'alternaven com el dia i la nit. Després de la trobada amb el goril·la, avançaven amb més serenitat, mirant l'entorn amb admiració.

–Que ho sentiu? –va dir Gunnar aturant-se.

–Què? –va preguntar Samah.

–Semblen... ecos de batalla! –va afegir Gunnar.

–N'estàs segur? –li van preguntar les dues germanes, meravellades de la seva oïda tan fina.

Elles no sentien res, la veritat, però el Príncep dels Gels no s'equivocava.

2
Dins del laberint d'arbres

Els tres viatgers no eren els únics que avançaven per entremig dels arbres centenaris del Bosc Vivent. Una quarta persona havia ultrapassat els confins del Regne dels Boscos i, en aquell moment, caminava amb una seguretat total, contemplant l'entorn amb un somriure tètric.

Aquell home no havia viatjat per terra ni per mar: un encanteri molt antic l'havia transportat al regne de la princesa Iara. Tant li feia que la màgia estigués prohibida als Cinc Regnes; ell provenia d'una nissaga poderosa i no tenia cap escrúpol a servir-se d'encanteris i sortilegis.

Aviat, molt aviat, encara seria més poderós.

Havia ideat un pla perfecte, que no podia fallar. Era

impossible. A través del mirall que tenia a la seva biblioteca, havia passat revista a tots els habitants del regne, abans de decidir a qui havia de colpir. La seva elecció havia recaigut en una figura molt coneguda, un home que tothom respectava i escoltava, en qui confiaven a ulls clucs.

I ara venia la part difícil: aquell home no s'avindria a cedir-li el lloc fàcilment. Per això, tal com havia fet al Regne dels Gels Eterns i després al Regne dels Coralls, n'hauria d'explorar els pensaments i doblegar la seva voluntat.

Confiava que no li oposés gaire resistència. Va pensar en el vell guaridor que va conèixer al Regne dels Coralls: havia aconseguit que hi confiés i després l'havia fet presoner. Ara, estaria al seu servei per sempre més. I encara es faria molt més fort.

–Ha, ha, ha! –va riure–. Com se li va ocórrer pensar que em podria aturar? A mi, no em pot derrotar ningú! Ningú!

En aquell moment, una arruga li va solcar el front. Va recordar la seva expedició al Regne dels Gels Eterns, on un gran llop blanc havia tingut la gosadia de perseguir-lo i atacar-lo. Havia estat un duel molt dur, però, al final, se n'havia sortit prou bé i havia esborrat el seu rastre.

Instintivament, va fer una mirada cap enlaire: el cel només era visible a clapes, emmarcades pel dens garbuix de branques. Els ulls li resplendien amb una llum sinistra que ara recordava el blau de la nit, ara el gris dels núvols de tempesta. Després, va observar els troncs dels arbres que l'envoltaven. S'hi sentia a gust, allà, més que en qualsevol altre lloc. L'aire xafogós del bosc compensava la gelor del seu cor. El brunzit de la vida que es bellugava al seu voltant li compensava la silenciosa im-

mobilitat a què havien estat condemnats els seus dies a la cort adormida.

Avançava amb una calma antinatural, pròpia de qui sap que res no se li podrà escapar, perquè ja li pertany tot. El seu rostre era una màscara impenetrable; el seu ànim, un bloc de granit; el seu cor, més despietat que mai.

Era el Príncep sense Nom.

3
Iara, la Princesa dels Boscos

Aquell matí, la princesa Iara s'havia despertat cansada i endormiscada. La nit abans li havia costat molt agafar el son i després havia tingut uns somnis agitats que no va recordar en despertar-se.

Se li girava un dia complicat: havien passat tantes coses al seu regne, últimament, i moltes havien estat doloroses i difícils d'afrontar. Però ella, que estava acostumada a riure's de les dificultats, no tenia cap intenció de desanimar-se, i encara menys de donar-se per vençuda.

Es va aixecar i, en camisa de dormir, va fer uns exercicis de concentració, un sistema infal·lible per relaxar-se després d'uns somnis desagradables. Després es va mirar al mirall que hi havia penjat a la paret de fusta; es va observar amb cara seriosa durant un instant i després va fer llengotes i es va posar a riure. De la muntanya de roba que hi havia tirada damunt d'una butaqueta de fusta i vímet, va agafar uns pantalons amples de cotó de color blau cobalt i una brusa fina de màniga curta.

–Què hi dius, Lalima? Ens en sortirem? –va exclamar la princesa acariciant la seva amiga més fidel, una pantera de pèl negre com la nit.

El felí li va refregar el cap al maluc, en senyal de comprensió.

Mentre Lalima s'estiregassava d'una manera que feia pensar en un gat enorme, Iara va treure d'un bagulet fet de fulles premsades un braçalet, un parell d'arracades i un collaret que li havia regalat el seu pare quan era petita; era ample i estava embellit amb uns gravats d'animals a l'interior d'un refinat motiu floral. Per a la Princesa dels Boscos allò era un autèntic amulet: només se'l treia quan se n'anava a dormir.

–Vinga, que avui ens espera un entrenament molt dur! Però, abans, preguntaré a les sentinelles del torn de nit si hi ha hagut cap novetat.

Havent dit això, Iara va agafar l'arc i el buirac, que es va posar en bandolera, i va deixar l'estança immersa en aquell desordre «creatiu» que hi regnava sempre.

Va sortir amb presses i es va trobar en un espai circular, tot de fusta, tret del sostre, que era de fulles entreteixides. Hi donaven algunes portes finament treballades entre les quals hi havia unes petites obertures que deixaven passar la llum. El terra era un extraordinari mosaic de rajoletes de suro disposades formant l'escut del palau reial: un arbre majestuós amb unes arrels que s'enfonsaven al centre de la terra i unes branques que s'elevaven més enllà de la cortina de núvols del cel.

El palau reial de Jangalaliana es repenjava completament en les branques dels arbres: el formaven quatre ales diferents que es comunicaven entre si amb unes passarel·les suspeses en el buit.

Iara va sortir de la zona de les estances reials i va córrer cap a la passarel·la de fusta, que va trontollar perillosament al seu pas. Va respirar l'aire humit del matí i va parar l'orella esperant sentir tambors i ecos de batalla. Però no va sentir res i va fer un sospir alleujat.

Dos papagais de colors llampants que estaven posats a la barana de la passarel·la la van saludar alegrement:

–Salve, salve –va dir el primer; era molt gros i tenia un meravellós plomatge de color blau elèctric.

–Prrrincesa, prrrincesa! –va afegir el segon, inflant les plomes de color vermell encès amb un tornassol verdós.

–Bon dia tingueu, Ahi i Tahi! –va contestar Iara, fent una petita inclinació amb el cap.

Els papagais li agradaven molt, i sovint es divertia ensenyant-los paraules noves, però aquell matí les gestions que havia d'enllestir la van fer anar de dret al saló del tron, que era a la part central del palau reial.

Lalima va seguir

la seva mestressa amb passes vellutades, fins a una porta de fusta fosca on hi havia entallat l'escut de Jangalaliana. Més enllà del llindar, ja l'esperaven vint mones guardianes.

Iara les va observar des del llindar, va esperar uns instants, va respirar fondo i va entrar, confiant rebre bones notícies.

4
Una decisió necessària

Ja feia unes quantes hores que Samah i Kalea caminaven pel bosc quan la Princesa del Desert va dir:

–Tinc un dubte: no sé si anem en la direcció correcta...

Kalea i Gunnar es van esverar: havia estat ella qui els havia guiat a través de l'espessa vegetació fins a aquell lloc. Era possible que s'hagués equivocat?

–Em pensava que era més fàcil orientar-se al bosc –va dir Samah, amb un sospir.

–Comparat amb el desert, hauria de ser bufar i fer ampolles! –va replicar Gunnar.

–Però és que al desert hi ha les estrelles i el sol que

t'indiquen els punts cardinals. Aquí, en canvi, amb prou feines el veiem, el cel –va dir Samah.

–Vols dir que anem... a cegues? –li va preguntar Kalea, preocupada.

–No, no. Estic provant de recordar el mapa del Regne dels Boscos, però no és fàcil... –va sospirar Samah–. El vaig veure fa molt de temps i en guardo un record confús, però, si la memòria no m'enganya, sortint de la gruta del passatge secret, el palau de Jangalaliana hauria de ser més al nord.

–I com ho saps que allò és el nord? –li va preguntar Kalea assenyalant l'espessor que tenia al davant.

–Doncs perquè he tingut en compte la molsa i l'orientació de les ombres al sotabosc –va replicar tot seguit Samah.

–Vols dir que això funciona?

Mentre Kalea expressava les seves preocupacions, Gunnar també va decidir buidar el pap i plantejar a les princeses allò que ja feia estona que li voltava pel cap:

–Perdoneu que us interrompi, però hauríem de parlar d'una cosa molt important.

Samah va copsar la idea al vol. Es va aturar de sobte i el va mirar, tota seriosa. Tenia una expressió greu.

–Tu creus que ens hauríem de separar, oi?

Gunnar va abaixar la mirada, i després va dir:

–Sí, Samah. També podríem arribar fins a Jangalaliana i separar-nos després d'haver avisat Iara. Però se'ns acaba el temps: el Príncep sense Nom està completament lliure i pot actuar sense entrebancs. Ha arribat l'hora d'anticipar-nos a ell. No podem consentir que ens porti més avantatge. Ens hem d'acomiadar ara i aquí.

–Tornaràs al Regne dels Gels Eterns? –va preguntar Samah.

–Fa massa temps que en sóc fora –va assentir Gunnar–. El príncep no va poder robar l'estrofa que custodia la vostra germana, però ho tornarà a provar; no puc deixar Nives en mans d'un home sense escrúpols.

–Ho comprenc, Gunnar. Trobo just que tornis amb ella.

–I nosaltres? –va preguntar Kalea.

–Kalea, ja en vam parlar, te'n recordes? –va dir Samah, acostant-se a la seva germana i agafant-li la mà–. Tu aniràs a Arcàndida amb Gunnar. Amb ell estaràs segura.

–És a dir, que no veuré Iara?

–Prova d'entendre-ho. És un moment difícil. Jo avisaré Iara del perill i vosaltres...

–No et sembla que podria ser útil, aquí? –la va tallar Kalea, esperançada.

–Creu-me, germaneta. És millor que segueixis Gunnar.

La Princesa dels Coralls va abaixar la mirada per amagar les llàgrimes que estaven a punt de lliscar-li per les galtes. Sabia que Samah tenia raó, però només de pensar que se'n tornaria a separar i que no la veuria fins aneu a saber quan, sentia un dolor molt profund.

–Samah, et veus amb cor de continuar el camí tota sola? –li va preguntar Gunnar.

Samah el va contemplar, seriosa. Els últims temps ha-

vien estat difícils: l'arribada del Príncep sense Nom, la desaparició de la seva cosina Daishan, el robatori de l'estrofa de la Cançó de la Son... Però tot això l'havia fet tornar més forta i valenta.

–No et preocupis per mi. Em sé cuidar –va dir la Princesa del Desert, amb una ombra de somriure.

–Entesos. Doncs ara hem de fer cap al passatge que porta a Arcàndida –va observar Gunnar.

–Aquest passatge és en un llac que anomenen el Llac Infinit. Em sembla que és al sud de Jangalaliana; per tant, en línies generals, és a l'est d'on som ara –va apuntar Samah.

–Tant de bo el trobem! –va dir Gunnar, escrutant el bosc que s'alçava davant seu com una barrera infranquejable.

–Et proposo que continuem junts una estona més. Així que la vegetació s'aclareixi una mica, ens separarem –va suggerir Samah.

–D'acord... –va respondre Gunnar.

–Ja veuràs com ens retrobarem molt aviat –va dir la Princesa del Desert dirigint-se a Kalea.

–M'ho promets?

–T'ho prometo, germaneta.

5

Un problema greu

Al saló del tron, s'hi havien reunit les mones de Jangalaliana, les lleials guardianes del Regne dels Boscos. N'eren més d'un centenar, ensinistrades i fidels a la princesa Iara gràcies a un antic jurament que van prestar al Rei Savi. Eren àgils i veloces, astutes i imprevisibles. Cadascuna portava un cordonet vermell amb un penjoll de fusta que representava la secció d'un tronc. Al final de cada any que transcorrien al servei de la guàrdia reial de Jangalaliana, s'afegia un altre cercle vermell al penjoll, que, igual que els anells de creixement dels arbres, indicava el pas del temps.

Aquell matí, en presència de Iara, hi havia vint mones guardianes. Semblaven esgotades, tenien els ulls vermells i petites ferides per tot el cos. Però no es lamentaven, totes tenien el cap cot en senyal de respecte envers la princesa.

–Descanseu –els va ordenar, dreta davant d'elles.

Les guardianes la van obeir immediatament.

El saló del tron, com les altres estances del palau, no era gaire gran. No podria competir amb els salons d'Ar-

càndida, centellejants de gel, ni amb els amplis espais de Flordoblit, abocats a la lluminosa extensió del Mar dels Camins, ni tampoc amb la bellesa arquitectònica de Rocadocre, a l'assolellat Regne del Desert. Però el palau reial de Jangalaliana reflectia plenament el caràcter del Regne dels Boscos: petit, recollit i en perfecta harmonia amb la natura que l'envoltava.

El saló del tron era una estança amb sostres baixos i parets de fusta en què, a intervals regulars, s'obrien uns amplis finestrals que donaven a la jungla. El terra, el cobrien unes catifes de colors llampants on hi havia representades escenes de la vida del regne; el cotó de les catifes, l'havien mesclat amb una fibra vegetal extreta de la *Filea Telante*, una planta que creixia exclusivament al Bosc Vivent.

Davant del tron, fet amb un tronc buidat, hi havia escampats uns coixins molt acolorits i còmodes. L'ambient emanava la senzillesa i la naturalitat pròpies de la princesa Iara, poc aficionada a luxes, oripells i formalitats.

Era aquesta mateixa inclinació la que la impulsava, durant les audiències i els actes públics, a asseure's entremig dels seus súbdits. No li agradava estar asseguda, tota rígida, davant del seu poble: no era un seient guarnit el que decidia el valor i l'autoritat d'una princesa. La veritat és que asseure's al tron la feia sentir llunyana, distant.

Iara va somriure. Ben segur que la seva mare, tan primmirada amb el protocol de la cort, l'hauria renyat, però ara no hi era i Iara havia de governar. No era gens fàcil, però s'esforçava per fer-ho tan bé com podia.

Les mones havien alçat el cap i una d'elles va fer un pas endavant.

–Com us ha anat la nit? Pel vostre aspecte, m'imagino que heu hagut de combatre –va dir Iara.

La mona va assentir.

–Els Nai-Lais no es calmen? –va continuar la princesa.

La sentinella va fer que no amb el cap.

Una ombra va enfosquir el rostre de la princesa. Les mones la van mirar amb una expressió que semblava adolorida i preocupada alhora.

–Trobarem una solució, ja ho veureu. –Les sentinelles de la guàrdia reial l'observaven en espera de rebre noves ordres.– De moment, aneu a descansar. Heu passat una nit molt llarga, allà fora, però us prometo que serà una de les últimes. Us agraeixo la vostra lleialtat i coratge!

I va tranquil·litzar les guardianes amb un somriure lluminós. Se sentia optimista, malgrat tot.

Les mones van sortir en ordre del saló i van deixar Iara en companyia dels seus pensaments. La princesa va cridar Lalima i va amanyagar el seu pelatge espès i suau.

–Som-hi, Lalima. He de començar l'entrenament. Estic convençuda que hi trobaré una solució.

6

Sumati, estimada Sumati

Fora del saló del tron, hi regnava un silenci irreal. Normalment, a aquella hora tothom estava ocupat en mil coses, en plena activitat, però aquell dia l'atmosfera estava com suspesa, com si tot plegat s'hagués aturat.

Iara estava a punt d'anar a preguntar què havia passat, quan va trobar Sumati, la persona amb qui estava més unida després de la disgregació de la seva família. Per a ella, Sumati era com una mare, una germana i una amiga; la seva confident i el seu punt de referència en els moments difícils.

Sumati tenia uns ullassos de color avellana i una llarga cabellera castanya amb reflexos vermellosos, cosa força insòlita en aquell regne, on la major part dels habitants tenien els ulls i els cabells negres i la pell fosca. Es deia que la mare de Sumati, morta quan ella encara era petita, provenia d'un regne llunyà. De molt joveneta, Sumati va acceptar l'encàrrec de criar la princesa, i no solament va complir el seu deure amb la màxima dedicació, sinó també amb afecte i devoció. Potser era per això que no s'havia casat.

–Bon dia, Iara! Ja has acabat de parlar amb les guardianes?

–Bon dia, Sumati! Sí, avui hem enllestit de seguida. Les sentinelles tenien un aspecte molt cansat després de la vetlla nocturna...

–Mm... Tu també fas cara d'estar cansada.

–M'ha costat molt agafar el son, aquesta nit.

–A tu? –va exclamar Sumati, pensant en la proverbial capacitat de la princesa de dormir com un soc fins i tot en els llits més improvisats–. Ho trobo força estrany.

–Després d'esmorzar estaré perfectament!

Però, de sobte, la llum va desaparèixer del rostre de Sumati. L'expressió de la princesa també es va tornar greu i concentrada.

–Escolta, Sumati, a què treu cap aquest silenci?

–Oh... a la cort, tothom està preocupat per les contínues escaramusses amb els Nai-Lais. A més, aquest matí les guardianes han tornat més tard del normal i per això la gent està una mica preocupada.

–Ja... –va dir Iara–. Els Nai-Lais no paren de posarnos bastons a les rodes.

–Au, va, acompanya'm! –va dir Sumati, tota alegre–. Ja veuràs com tot tornarà a la normalitat.

I llavors, taral·lejant una cançoneta, va anar cap a la cuina, seguida de Iara i Lalima.

Mentre la pantera bevia la llet d'un coco partit per la meitat i Sumati treia el pinyol d'un fruit vermell, Iara va repenjar els colzes damunt de la taula de la cuina i es va posar a rumiar.

–Què et passa, bonica? Per què estàs preocupada? Deixant a banda els Nai-Lais, vull dir.

–No me'ls puc treure del cap. De les cinc tribus del meu regne, n'hi ha quatre que m'estimen i em respecten...

–Perquè ets una princesa justa.

–Llavors... Com és que els Nai-Lais m'odien tant?

–Mira-t'ho des d'una altra perspectiva. Els Nai-Lais són un poble bel·licós i hostil, tampoc no s'avenen amb les altres tribus. No es fan amb ningú, viuen aïllats.

–No podríem viure tots en harmonia en lloc de fer-nos la guerra? És que és una cosa tan insensata!

–Ho saps més bé que jo: l'antic cap de la tribu era un home cruel, lleial al Vell Rei. Es va passar tota la vida provant de transmetre als seus homes l'enemistat amb el Rei Savi, el teu pare, i amb tu, que el representes ara.

Iara mirava Sumati amb una expressió trasbalsada. No podia comprendre que els Nai-Lais encara fossin fidels al Vell Rei, un tirà cruel que havia oprimit el Regne de la Fantasia i s'havia tacat les mans amb uns delictes horrorosos. Eren tants els sofriments a què havia sotmès el seu poble que, al final, els seus súbdits s'havien rebel·lat per fer-lo fora, sota la guia d'un cavaller coratjós. Aquest home tan valent que havia derrotat el tirà i havia pacificat el regne, no era altre que el Rei Savi, el pare de Iara, un home just i estimat per tot el seu poble. O gairebé. Perquè els Nai-Lais no havien reconegut mai la seva autoritat i s'havien obstinat a mantenir-se fidels a l'antic sobirà.

Iara no podia comprendre aquella tribu tan tossuda. Ni tampoc no podia apaivagar la seva hostilitat contra el Vell Rei, que havia estat el causant de la disgregació de la seva família.

El pensament li va volar fins a aquell dia llunyà en què el seu pare la va fer asseure als seus genolls i li va dir unes paraules que li van costar d'entendre. Va recordar que es va sorprendre i es va posar molt trista. També va recordar l'abraçada que li havia fet el seu pare per consolar el seu plor i el despertar sense alegria de l'endemà, quan Sumati, amb una carícia, li va xiuxiuejar que els seus pares se n'havien anat, i també les seves germanes.

Iara va sospirar. Per conjurar el perill que un poder tan gran pogués tornar a les mans d'un tirà, com ja havia passat abans d'ell, el Rei Savi havia dividit el seu regne en cinc parts i les havia confiat a les seves cinc filles. Les princeses haurien de viure lluny les unes de les altres i no es podrien tornar a veure, tret que un perill molt greu amenacés els Cinc Regnes.

Això, ho va anar esbrinant Iara a mesura que creixia. I també va esbrinar que el destí del Vell Rei havia estat ben singular: gràcies a un encanteri havia caigut en un son etern junt amb tota la seva cort.

El Rei Savi havia decidit aturar-lo sense matar-lo. Després, havia confiat a les seves filles les estrofes d'aquell encanteri, gravades en unes fines làmines de plata. Es tractava d'uns versos potents i terribles, que s'havien de conservar en secret. Si mai algú provava de reunir-les amb males intencions, un nou seguit de desgràcies s'abatria sobre els Cinc Regnes, i el dring de les espases tornaria a ressonar al Regne de la Fantasia.

Iara va tancar els ulls, espantada. Després, es va refer.

«Una cosa després de l'altra», va pensar. «Primer de tot, he de solucionar la revolta dels Nai-Lais».

Com si li hagués llegit els pensaments, Sumati la va animar:

–Tot se solucionarà, ja ho veuràs. L'odi consumeix i destrossa a qui l'alimenta.

Iara va assentir i li va agafar de les mans un bol ple d'un suc escumejant, el nèctar de l'*Agate Stellata*, un fruit lleugerament aspre, conegut al Regne dels Boscos perquè tenia la virtut de restablir el vigor i l'energia.

Quan la princesa se'l va acabar de beure, Sumati no va poder contenir una rialla.

–Per què rius?

–Vés a mirar-te.

La princesa va sortir de la cuina i va contemplar la seva imatge reflectida en la superfície d'un gran mirall.

Tenia un aspecte molt graciós: el suc li havia pintat uns vistosos bigotis vermells al voltant de la boca.

Iara va tornar a la cuina i va esclatar en una gran rialla: durant aquell moment, si més no, les seves preocupacions es van esvair juntament amb els seus estrafolaris bigotis de colors.

7
Cadascú segueix el seu camí

Els tres viatgers avançaven lentament per l'intricat Bosc Vivent. Després d'haver pres aquella decisió se sentien encara més vulnerables, perquè, així que se separessin, haurien d'afrontar el destí sense el suport del grup. I ningú no es podia imaginar què els esperava al cap de poc.

Samah guiava l'expedició, seguida de Kalea i de Gunnar. No parlaven, però, sense saber-ho, tots tres alimentaven el mateix propòsit: anticipar-se al Príncep sense Nom.

Gunnar també pensava en la seva adorada Nives: amb prou feines havia tingut temps de jurar-li amor etern que ja se n'havia hagut d'anar. Estava ansiós per tornar-la a veure. Però, alhora, una estranya sensació li oprimia el cor; sabia que el Príncep sense Nom tramava una venjança i no podia descartar que en aquell moment precís es trobés allà mateix, amagat entre els arbres, esperant el moment oportú per atacar.

El grupet va arribar a una zona del bosc molt diferent de la que havien travessat fins llavors. No hi havia gaires arbres, el sotabosc havia desaparegut gairebé completament i la llum que abans es filtrava a través de les exuberants capçades ara es difonia amb nitidesa i potència, i tots els colors eren més brillants.

Samah es va aturar.

–Em penso que ja ha arribat el moment –es va limitar a dir.

Gunnar i Kalea van mirar al seu davant: els troncs de dos arbres enormes s'havien entortolligat l'un amb l'altre com si s'haguessin fos en una abraçada i, en aquella abraçada, havien crescut fins a les capçades.

Colpida per aquell prodigi natural, Samah es va acostar a la seva germana, li va agafar les mans i li va dir:

–Kalea, ens separarem davant d'aquests dos arbres que formen una abraçada amb els seus troncs; és l'auguri més bonic que ens podem fer en aquest moment!

Kalea no va poder respondre: l'emoció l'aclaparava.

Samah va provar d'animar-la.

–Has de ser forta, germaneta. Estic convençuda que nosaltres també ens tornarem a abraçar en un tancar i obrir d'ulls.

Kalea va fer un somriure amarat de llàgrimes. Aquella frase, la solia dir la seva mare sempre que s'havia d'absentar de palau per poc temps. Però, un dia, no la va dir i ja no va tornar a casa.

La Princesa del Regne dels Coralls es va eixugar les llàgrimes.

–Estaràs orgullosa de mi, Samah, t'ho prometo –va dir Kalea amb la veu trencada per l'emoció.

–Ja n'estic –va assegurar Samah.

Llavors Samah es va acomiadar de Gunnar:

–És un moment difícil. Aquell home és dolent i decidit, però nosaltres el coneixem i l'hem d'aturar.

El Príncep dels Gels va veure el llampec que creuava els ulls de Samah. La Princesa del Desert era valenta, forta i combativa, potser per les adversitats a què l'havia sotmès la vida. Hi va reconèixer el temperament de la seva Nives, però en una forma més madura, més conscient.

–La teva força em sorprèn, Samah. Sembla que no et pugui aturar res ni ningú. Lluitarem plegats per salvar els Cinc Regnes –va afirmar Gunnar.

Samah va assentir. Després, sense afegir res més, es va girar d'esquena a Gunnar i Kalea, i es va tornar a endinsar en el bosc, esperant de tot cor trobar ben aviat el palau reial de Jangalaliana.

No li agradaven els comiats i ja n'havia hagut d'afrontar massa al llarg de la seva vida. A més, en el fons del seu cor, estava convençuda que allò només era un a reveure.

8
De camí cap al llac

Per a Kalea, separar-se de Samah havia estat gairebé tan difícil com abandonar Flordoblit i totes les persones estimades. Mentre caminava darrere de Gunnar, respirant l'aire del Regne dels Boscos, pensava que era molt diferent del de les seves illes. En realitat, tot era diferent: el bosc verd i atapeït, caòtic i intricat... S'hi sentia una intensa olor de terra molla i d'escorça que li feia pensar en les essències fetes a base de sàndal i pebre que mesclava la seva amiga Tiarè per crear uns perfums insòlits i meravellosos. Estava trista, però provava de contenir-se per no preocupar Gunnar. Però el Príncep dels Gels ja devia haver intuït el seu estat d'ànim, perquè es va girar cap a ella per tranquil·litzar-la.

–Kalea, ja sé que estàs trista, però has de tenir confiança. Molt aviat et retrobaràs amb les teves germanes, ja ho veuràs! –intentava animar-la Gunnar.

Kalea va somriure. Gunnar era un home de poques paraules, però sabia llegir en l'ànim de les persones a través dels gestos i els pensaments.

–Tu què en penses? Deu faltar gaire? –li va preguntar poc després Kalea.

–Fa de mal dir. Desconec les distàncies, però tinc la sensació que no trigarem gaire a arribar-hi.

Encara van haver de caminar un parell d'hores més. Hi havia llum, però ja s'acostava el crepuscle. S'havien d'afanyar perquè, de nit, tot plegat seria molt més complicat. Gunnar estava molt preocupat per Kalea, que semblava esgotada.

–Et veus amb cor d'accelerar el pas? –li va preguntar el príncep.

Kalea el va obeir; semblava com si els seus peus descalços amb prou feines toquessin la terra flonja del bosc.

–Ai! –va exclamar la princesa al cap d'una estona.

Un matoll espinós li havia traspassat la vora del vestit i li havia esgarrinxat una cama.

–Deixa-m'ho veure –li va dir Gunnar, preocupat.

–No és res –li va respondre ella, xuclant la sang de la ferida.

Ho havia après del valent Purotu, que ella considerava com un germà. Un matí, el noi s'havia fet un tall amb una conquilla. Eren a l'Illa del Sol, entre les dunes de la Platja Daurada. Quant de temps havia transcorregut des d'aquell estiu? A Kalea li semblava una eternitat. Es va esforçar per contenir un sospir.

–Ànim! Hem de reprendre el camí –va dir Gunnar, decidit.

Els dos viatgers avançaven tan concentrats i absorts en els seus pensaments que no es van adonar que els seguien.

9
El vell del bastó

La Princesa del Desert avançava amb passos ràpids. Esperava arribar aviat a Jangalaliana, però, a mesura que passava el temps, la seva confiança es debilitava. Tots els indrets li semblaven iguals: arbres, arbustos, pujades, baixades... Li costava establir punts de referència. Es va començar a preguntar si se n'havia anat massa cap a l'est o cap al sud sense adonar-se'n. Sabia que era molt fàcil perdre's en aquell laberint.

La llum era cada vegada més tènue. Samah va provar d'apressar el pas per avançar-se a la nit, però el cansament corria a més velocitat que ella. Sentia les cames pesants i tenia els ulls fatigats de tant escrutar la vegetació. L'última cosa que desitjava era fer nit enmig del bosc, envoltada de depredadors, serps i aneu a saber què més.

Tot i així, va decidir aturar-se una estona per recuperar les forces. Es va asseure amb l'esquena repenjada en un tronc, i va tancar les parpelles.

«Només una estoneta», va pensar, però es va adormir profundament.

~*~

Mentrestant, Gunnar i Kalea també començaven a perdre les esperances. Ja feia hores que caminaven, però, del llac, no n'hi havia ni rastre. El cel era cada vegada més fosc. Es van preguntar si Samah no s'havia equivocat quan els havia indicat la direcció, però van apartar aquell pensament que només hauria servit per augmentar la seva angoixa.

En un moment determinat, la Princesa dels Coralls es va aturar per recuperar l'alè. Li començaven a fer mal els peus, i la ferida que s'havia fet amb una espina li coïa i la molestava d'allò més.

–Haig de descansar, Gunnar.

Kalea es va asseure damunt d'una arrel recargolada que sorgia d'aquella terra tova i recoberta de molsa. La va observar: li feia pensar en un enorme tentacle de pop.

–Potser trobarem alguna pista que ens ajudi –li va dir Gunnar, per animar-la.

El Príncep dels Gels Eterns va inspeccionar uns arbres, en va triar un i es va treure un ganivet del cinturó; després va fer una incisió al punt en què la branca s'inseria al tronc. Devia ser una fusta molt dura tenint en compte els esforços i les esbufegades d'en Gunnar.

Al cap d'uns minuts, de la incisió en va rajar una substància vermellosa.

–Què és això? –va preguntar Kalea, impressionada.

–És resina; se'n diu Sang de Drac. Ja ho veuràs: et calmarà la coïssor de seguida.

–Com t'ho fas per saber aquestes coses? –va dir Kalea, mirant-lo estupefacta.

–Gràcies als dies que he passat en companyia de Haldorr, el bibliotecari, i de Helgi, el jardiner d'Arcàndida.

–Haldorr sap un munt de coses. I tu també, pel que veig.

–Moltes les vaig aprendre quan era un llop.

–Un què?!

–No te l'he explicat mai, la meva història? –va respondre Gunnar, mirant-se-la somrient.

–Em sembla que no...

–Fa molts anys, quan era un adolescent, uns lladres em van apallissar i em van deixar a les portes de la mort. Em vaig salvar gràcies a l'ajut d'una dona, la guardiana d'un volcà, que es deia Alifa. Ella em va dir que em salvaria la vida, però que, a canvi, l'hauria de viure com un llop.

–Però com és possible?! –va respondre Kalea, desconcertada.

–Alifa coneixia les arts màgiques. Gràcies a un encanteri em va salvar la vida i va transformar el meu cos en el d'un llop.

–Quant de temps va durar l'encanteri?

–No ho sé, però prou per arribar a conèixer la natura, els animals i les lleis que els governen.

–I després?

–Vaig ingressar al cos de llops guardians d'Arcàndida, al servei de la teva germana Nives. I va ser ella qui em va salvar la vida... per segona vegada!

–De debò?

–Em vaig enfrontar al Príncep sense Nom, però vaig quedar malferit. Quan em va veure, Nives es va pensar que agonitzava i es va posar a plorar. Les seves llàgrimes van trencar l'encanteri i vaig tornar a ser un home.

–Quina història més romàntica! –va exclamar Kalea, oblidant-se de la ferida i del cansament.

Gunnar es va quedar en silenci. Parlar dels seus sentiments sempre el feia sentir incòmode.

Va acabar de curar Kalea. Després, va tornar cap a l'arbre, es va ajupir a terra i va cavar un sotet en un lloc no gaire lluny de les arrels. Quan va arribar a l'estrat del llot, en va agafar un grapat i el va untar al punt on havia fet el tall a l'escorça.

–Per a què serveix, això?

–Per curar la ferida que he fet a l'arbre.

–Ell ens cura a nosaltres i nosaltres a ell.

–Justa la fusta!

De sobte, els va sobresaltar un soroll.

Gunnar va mirar els ulls de Kalea, després es va girar lentament; una figura sorgida del no-res s'havia materialitzat al seu davant. El Príncep dels Gels Eterns i Kalea miraven, sorpresos, aquella silueta fosca. No s'haurien imaginat mai que trobarien una persona al bell mig de la selva, però, en el fons, no podien dir que els disgustés aquella aparició.

La figura se'ls va acostar. La llum, cada vegada més dèbil, la va fer visible quan ja era a pocs passos d'ells. Tenint en compte les arrugues que li solcaven la cara, es tractava d'un home molt vell. Duia una roba senzilla i malgirbada. Caminava feixugament, amb l'ajut d'un bastó. Va observar els dos viatgers amb uns ulls foscos i brillants, que destacaven enmig del seu rostre descarnat i esmolat. Després, en un to amable, va dir:

–Qui sou vosaltres?

–Ah, doncs... Busquem el Llac Infinit. Ens podria dir per on s'hi va? –va dir Kalea, aixecant-se.

Gunnar li va fer una mirada de retret: Kalea era ingènua i tenia tendència a confiar massa en les persones.

No sabien qui era aquell home, i Gunnar havia après

que darrere d'un comportament amable no sempre s'amaguen bones intencions. Per això, si hagués estat per ell, no hauria revelat a un desconegut la seva destinació. Però ja era massa tard, i calia continuar el joc.

–Em dic Gunnar i ella és... Kalea –es va presentar breument el Príncep dels Gels Eterns–. Que ens pot indicar el camí, si és que el sap?

–És un plaer coneixe-us, Gunnar i Kalea –va respondre l'home amb un somriure estrany.

Gunnar el va observar sense poder desxifrar aquella expressió, lleugerament inquietant. De moment, va decidir no preocupar-se i esperar que l'ancià els digués alguna cosa d'ell. Però no ho va fer.

–Seguiu-me, us conduiré al llac. No sabria dir si heu estat valents o imprudents, de posar-vos en camí sense un guia. Aquest indret pot ser perillós –els va dir sense girar-se.

En el fons del seu cor, Gunnar esperava no haver caigut en un parany.

–Hem tingut molta sort de trobar-lo –li va respondre Gunnar, per convence's de les bones intencions del desconegut. Abans d'abaixar completament la guàrdia, esperava arribar a la seva destinació.

Kalea, atemorida per la mirada fulminant que Gunnar li havia llançat poc abans, es va quedar en silenci. El seu company de viatge era bastant brusc, de vegades. Potser, en determinades circumstàncies, ressorgia la seva naturalesa de llop i dominava la humana. En qualsevol cas, la Princesa dels Coralls va desitjar que la desconfiança que Gunnar sentia pel desconegut no estigués fonamentada. Més ben dit: desitjava de tot cor que Gunnar s'equivoqués.

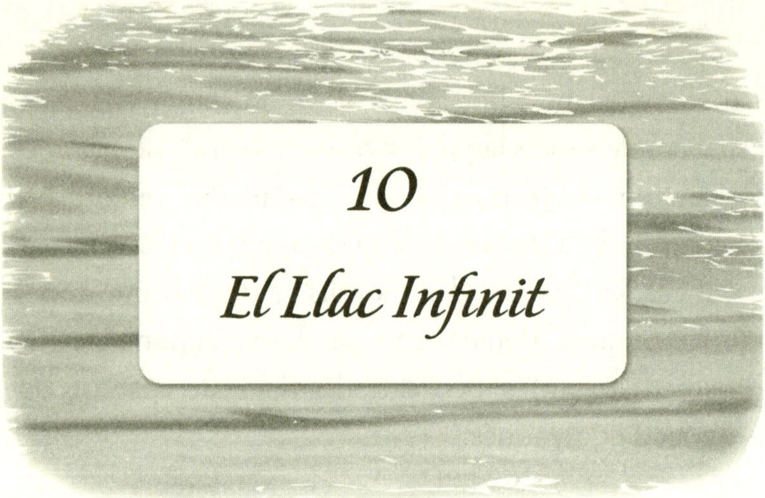

10

El Llac Infinit

Quan el van veure aparèixer darrere de la barrera d'arbres que el cenyia com una abraçada verda, Gunnar i Kalea van fer un sospir alleujat. El vell no els havia enganyat: el Llac Infinit s'estenia davant seu en tota la seva esplendor.

–Ja hi som –va dir l'home apuntant el bastó en direcció al mirall d'aigua.

Era realment meravellós, envoltat d'arbres majestuosos, falgueres enormes i plantes de tota mena, que es reflectien sobre la superfície llisa com personatges d'una cort antiga. Kalea i Gunnar el contemplaven extasiats.

–Gràcies de tot cor –li va dir la princesa.

–I ara què fareu? És gairebé de nit, necessiteu un lloc per dormir –els va dir el vell.

–No us preocupeu per nosaltres. Acamparem en alguna banda –va respondre Gunnar.

–Voleu dir? –va afegir el vell fent una mirada inquisitiva a Gunnar i després a Kalea.

Va semblar que la pregunta queia en el buit.

–Us estem molt agraïts. Sense la vostra ajuda, segur que ens hauríem perdut –va dir Gunnar provant de canviar de tema.

El vell va contraure els músculs del rostre i, al seu front, hi va aparèixer una petita arruga, que va desaparèixer al cap d'un instant.

–Us puc preguntar per què heu vingut aquí?

–Ens ho ha encarregat la princesa Iara –va improvisar Gunnar. No hauria estat prudent revelar-li les seves intencions.

–Entesos.

–D'això... –Gunnar buscava la manera d'acomiadar-se'n.

Va semblar que el vell ho entenia i, sense demanar més explicacions, va dir:

–Bé, si ja no em necessiteu, us deixo sols. Que us vagi bé!

–Moltes gràcies per tot –va replicar Kalea.

L'ancià es va girar d'esquena i, repenjant tot el seu pes sobre el bastó, va fer cap al bosc, que, amb la complicitat de la foscor, el va engolir en pocs segons.

Kalea estava més serena, ara.

–Quin home més amable!

Gunnar va assentir, però era evident que no estava tranquil.

–I ara què fem? –va preguntar Kalea.

–Hem de buscar el passatge. Es podria trobar en un banc de sorra; però hi ha massa poca llum per calcular la profunditat pel color de l'aigua.

–Et capbussaràs?

–Ves quin remei!

Gunnar va observar el llac un instant i després s'hi va capbussar. Kalea va veure com desapareixia sota l'aigua i va resar perquè tot anés bé. Va recordar Purotu i totes les vegades que l'havia seguit amb la mirada mentre el noi se submergia en les profunditats del Mar dels Camins. De pensament, el va abraçar a ell i a Naehu i va desitjar tornar-los a veure ben aviat.

Va transcórrer un temps que a Kalea li va semblar etern abans no va veure despuntar el cap de Gunnar.

–L'he trobat! –va exclamar el príncep–. Vine, és per aquí!

Kalea s'hi va acostar, va buscar un punt accessible a la riba i va entrar a l'aigua. El llac tenia una temperatura agradable que li feia pensar en el seu mar. La princesa es va posar a nedar i va ficar el cap sota l'aigua, incapaç de resistir-se a aquell element que li era tan familiar. Amb unes quantes braçades va arribar on era Gunnar, va buscar un punt de recolzament a la seca i s'hi va aturar per recuperar l'alè. Els peus no li feien mal, les ferides ja no li coïen. En l'aigua, se sentia renéixer.

–Et brillen els ulls –va observar Gunnar.

–L'aigua sempre m'asserena –li va respondre ella amb un somriure radiant.

–Aguanta la respiració i submergeix-te darrere meu. A cosa d'un metre i mig de profunditat hi ha una obertura. No és gaire ampla, però ens hi haurem d'esmunyir per força. Si és el passatge que busquem, ens portarà ràpidament al Regne dels Gels Eterns –va explicar Gunnar.

Només un instant d'incertesa li va emboirar la veu. Kalea va assentir.

–Som-hi, doncs!

Gunnar va omplir els pulmons d'aire i es va tornar a submergir. Kalea va fer el mateix i el va seguir, nedant en aquelles aigües fosques. Efectivament, el passatge era molt a la vora i realment accessible. La princesa hi va entrar amb facilitat, va nedar darrere de Gunnar cosa de deu metres i després ja tocava la roca amb els dits.

Feia un minut encara no que nedaven quan el volum d'aigua de l'interior de la cavitat va començar a disminuir. El nivell va minvar gradualment fins que l'aigua va desaparèixer completament i els dos viatgers, un cop van haver recuperat l'alè, van començar a caminar de quatre grapes.

–Mira allà a baix! –va dir Gunnar.

Al fons del túnel, s'hi veia una claror que s'acostava cada vegada més.

–Ja hi som... Estàs cansada?

–De cap manera! Estic emocionada: he perdut Samah i no he vist Iara, però aviat tornaré a abraçar la meva estimada Nives!

Gunnar es va esforçar per fer un somriure. Ell també se sentia feliç de tornar a casa, però tenia una sensació estranya... Va provar d'apartar aquell pensament i va apressar el pas en direcció a la sortida del túnel.

11
Una guia per a Samah

Al cap d'un temps que no sabria precisar, Samah es va despertar amb el cos adolorit per la posició incòmoda en què s'havia adormit. Va parar l'orella i va sentir un soroll, un fregadís a la seva esquena. Es va girar de sobte, però no va veure res. Tot i així, estava ben alerta. Sabia que per entremig d'aquell fullatge espès rondaven molts animals i, per molt que confiés en les seves bones intencions, s'estimava més evitar-los, sobretot si es tractava de depredadors famolencs.

Va alçar la mirada i va veure una claror tènue que es filtrava per les branques més altes. Li va semblar impossible: ja es feia de dia! Com és que havia dormit tanta estona?

Es va aixecar i, mentre estirava braços i cames, la seva mirava es va posar en les falgueres que tenia als peus: havien trepitjat amb força les plantes que envoltaven el tronc. Al costat de les falgueres hi havia unes petites pellofes grogues i toves. Com podia ser? Estava segura que no hi eren quan s'havia aturat a descansar. Algú havia passat per allà mentre dormia.

Una esgarrifança li va pujar per l'esquena, mentre un sobtat soroll de branques trencades va cobrir durant un instant els tumultuosos batecs del seu cor.

Ara n'estava segura. Hi havia algú, o alguna cosa, amagat en la vegetació. Samah havia de prendre una decisió... i ràpida: podia arrencar a córrer, provant de fugir, o podia fer uns passos enrere i enfrontar-se amb l'enemic a cara descoberta.

La princesa tenia un temperament coratjós i la decisió va ser instintiva. Va deslligar la cinta que subjectava la seva llarga cabellera. Era de cuir i tenia unes petites boletes de ferro a les puntes. Al Regne del Desert, aquesta mena de cinta la utilitzaven per immobilitzar petits depredadors en

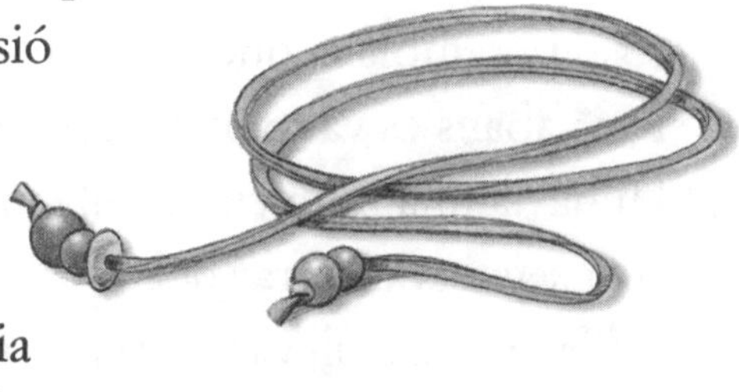

cas d'atac. «Hem de ser previsors», li deia sempre el seu pare, per això ella la portava sempre.

Amb passos lleugers es va acostar als arbustos d'on procedia el soroll, provant de no perdre la calma.

Es va plantar davant de l'arbust, va allargar una mà per apartar les fulles i, per a la seva sorpresa, es va trobar davant d'un goril·la que es quedava curta si deia que era gegantí.

–Ai, no! –va exclamar, desconsolada. Com a molt, només li hauria pogut lligar dos dits amb la cinta que duia a la mà!

L'animal l'observava amb intensitat. Els seus ulls, negres com la tinta xinesa, guspirejaven entre les fulles. Després, el goril·la se li va acostar. Samah va contenir la respiració, preparant-se per esquivar una agressió. Però, contràriament al que s'esperava, l'animal li va passar pel costat i semblava que es volia tornar a endinsar al bosc. Però abans es va tombar cap a ella i la va tornar a mirar. Hi havia una llum en aquella mirada que la princesa no aconseguia desxifrar del tot.

Llavors, Samah va tenir una inspiració. No era un goril·la qualsevol. Ella el coneixia, més ben dit: «la» coneixia!

–Espera... ja ens hem vist abans, oi? Ets la mare del petitó...

L'animal continuava immòbil.

–Què hi fas, aquí? Què vols de mi?

La femella de goril·la va alçar la pota anterior, la va dirigir cap al seu pit i la va alçar i abaixar unes quantes vegades.

–Vols que et segueixi? És això el que proves de dir-me?

L'animal es va aturar i li va donar l'esquena, convençut que l'havia entès.

–Som-hi, doncs!

La princesa es va tornar a lligar els cabells i es va afa-

nyar a posar-se en marxa, confiant haver entès bé les intencions del goril·la. Aquella femella devia fer un metre vuitanta d'altura com a mínim, però la seva manera de caminar mostrava una gran agilitat, una cosa molt especial, que no li va passar per alt.

Al cap d'una mitja hora ben bona de camí, la femella de goril·la es va aturar. Samah va haver de passar-li al davant per veure què passava, perquè la mola imponent de l'animal li tapava completament la vista.

Quan va tenir el camp visual lliure, la Princesa del Desert es va quedar bocabadada. Davant seu, hi havia l'arbre més gran que havia vist mai. En comparació, el baobab més majestuós hauria empal·lidit. S'elevava, imponent, amb una escorça fosca i un diàmetre impressionant, i amb les seves poderoses branques sostenia quatre construccions circulars, que es comunicaven amb un espai central mitjançant unes estretes passarel·les suspeses a molts metres del terra. Era un lloc increïble, en harmonia perfecta amb l'ambient que el circumdava, i semblava sortit d'una faula.

Era la llegendària cort de Jangalaliana.

12
Benvinguda a Jangalaliana!

Amb un gest de la mà, Samah va donar les gràcies a la femella de goril·la que l'havia acompanyada fins al palau reial. Havia provat de tocar-la, però l'animal se'n va apartar amb un moviment brusc. No hi havia insistit, sabia que no a tots els animals els agrada el contacte amb l'home.

Va dedicar un pensament a la seva fidel Amira. Com trobava a faltar la seva euga de pelatge castany! Va tancar els ulls provant de retrobar en la memòria els perfums i els sons del seu regne. Després, va pensar en els seus cosins, Armal i Daishan, amb els quals havia crescut en les sales amb frescos del palau de Rocadocre i que ara enyorava més que mai. També va dedicar un pensament a l'Avi, que potser en aquell moment estava ocupat redactant les seves històries a la terrassa del palau reial, amb la mirada perduda en la immensa extensió de sorra. Samah havia pujat a aquella mateixa terrassa amb aquell jove tan misteriós, Robí Blau, que tenia tanta curiositat per descobrir tots els misteris del regne. Va recordar l'emoció que li havien provocat aquells ulls de color de mar, i la sensació de desmai que havia tingut en sostenir-li la mirada... Però després, de cop i volta, tot s'havia destarotat, com la superfície del Mar dels Camins torbada pel vent de mestral; la seva cosina Daishan havia desaparegut i s'havia descobert que Robí Blau era un aliat del Príncep sense Nom.

Ara, el Regne del Desert corria perill.

Samah va provar d'apartar aquells pensaments i concentrar-se en el present. Va tornar a obrir els ulls i es va adonar que la femella de goril·la ja no hi era.

Va abastar amb la mirada la imponent silueta de Jangalaliana i va sentir que el cor li feia un bot. Samah –que tot i el seu caràcter fort va patir molt quan es va veure obligada a separar-se dels seus pares i allunyar-se de les seves germanes–, només de pensar que tornaria a veure la carona de Iara, va sentir que el dolor i la fatiga es fonien en una escalfor beneficiosa.

Benvinguda a Jangalaliana!

Va començar a caminar damunt del que semblava una autèntica catifa d'herba verda i lluent, flonja com el vellut. Uns matolls suaus se li ficaven dins el calçat. Era una sensació tan agradable que va decidir deixar-se anar la cabellera, treure's les sandàlies i continuar el camí descalça. A mesura que avançava, el perfil del palau es feia més nítid: Jangalaliana tenia una estructura impac-

tant: el nucli central es repenjava exactament en el punt en què les branques de suport se separaven del tronc, i les quatre construccions principals es comunicaven per mitjà d'unes passarel·les de fusta suspeses en el buit.

A tots els sectors del palau reial hi havia unes petites finestres quadrades, tallades en la fusta fosca i protegides amb unes cortines de cotó bast. El sostre, fet amb milers de feixines de palla trenada, sobresortia força, per protegir l'edifici de les violentes pluges que s'abatien sobre el regne. El cos central tenia una entrada única, un portal al qual s'accedia pujant per una llarga escala de cargol, també de fusta, que, formant unes espirals molt suaus, s'enroscava al voltant del tronc de l'arbre. A la base de l'escala, s'hi alçava una reixa de fusta altíssima que tenia un escut tallat al damunt: un arbre que enfonsava les arrels al centre de la terra i elevava les branques més enllà dels núvols.

–Quina meravella! –va dir Samah, en veu alta.

Llavors, es va posar a observar-ho tot: per les passarel·les penjades entre una branca i l'altra, hi havia persones que caminaven carregades amb cistelles plenes de fruita.

Però de la seva germana Iara, ni rastre, per això va decidir anar cap a la reixa i preguntar per ella.

Mentre ho feia, es va fixar en una figura que baixava per l'escala. Era una dona morena, encara jove, que duia una bossa de tela en bandolera.

Samah va veure una mena de bastó al costat de la reixa. Així que el va agafar i el va sacsejar, es va sentir un soroll que feia pensar en un xàfec eixordador. Es va imaginar que a l'interior hi havia unes llavors i que era una manera d'avisar de la presència d'algú a l'entrada. Va somriure, divertida. No va tenir temps de tornar a deixar el bastó que dues mones amb un arc i un buirac ple de fletxes se li van plantar al davant. Havien baixat per l'escala a una velocitat considerable i l'observaven amb una expressió desconfiada. Samah, una mica intimidada per aquelles mirades inquisitives, es va afanyar a calçar-se i a lligar-se els cabells en una cua, per tenir un aspecte més digne.

Al cap de poc, va arribar aquella dona. Quan Samah

la va mirar, la va envair una sorprenent sensació de confiança i optimisme.

La dona també es va aturar a observar-la. Després, va ordenar a les mones:

–Sentinelles! Deixeu-me passar! –I es va adreçar a la nouvinguda:– Bon dia! Puc fer res per vós? No us conec, però teniu un no-sé-què de familiar...

La dona no va completar la frase i es va quedar observant Samah en silenci. Gens acovardida, la Princesa del Desert li va respondre:

–Sou molt amable. Estic buscant la princesa Iara.

–I per quin motiu, si es pot saber?

Samah no va tenir temps de respondre-li perquè un crit acompanyat d'un cop sord va cridar la seva atenció, la de la dona i la de les mones guardianes.

13
Ostres, quina caiguda!

Feia ja ho tenia per costum. Cada matí se sotmetia a un entrenament intens per millorar l'agilitat, la rapidesa i els reflexos. Corria més d'una hora per l'espessor del bosc, s'enfilava pels troncs més ràpida que un felí, es llançava d'una liana a una altra i s'exercitava en el tir amb arc tardes senceres. No sentia el cansament, només el desig de posar fi a les hostilitats entre Jangalaliana i els bel·licosos Nai-Lais.

Era valenta i decidida, i no creia en el poder de les armes. Però últimament la situació s'havia precipitat, i també hauria estat disposada a combatre, si era necessari, per tornar la pau al regne.

–Lalima, avui començarem amb uns salts ràpids. Espera'm aquí –li va dir Iara passant per damunt del parapet d'una de les passarel·les.

Va fer un salt i es va aferrar a una liana gruixuda que penjava d'una branca que tenia al davant. Es va gronxar amb mestria fins que va arribar a una segona liana i després a una tercera.

–Sííííí! –va cridar des de dalt de tot.

S'estimava el bosc i tot el que vivia al bosc. Era l'únic lloc on desitjava viure, l'únic que coneixia i en formava part de debò. Saltant de liana en liana, havia fet un gir gairebé complet del palau reial. Però quan va arribar a la zona que donava a l'entrada, li va cridar l'atenció una cosa: Sumati parlava amb una dona.

No era normal que alguna cosa s'escapés dels ulls vigilants de Iara, i aquella figura que estava dreta davant de la reixa li havia fet pu-

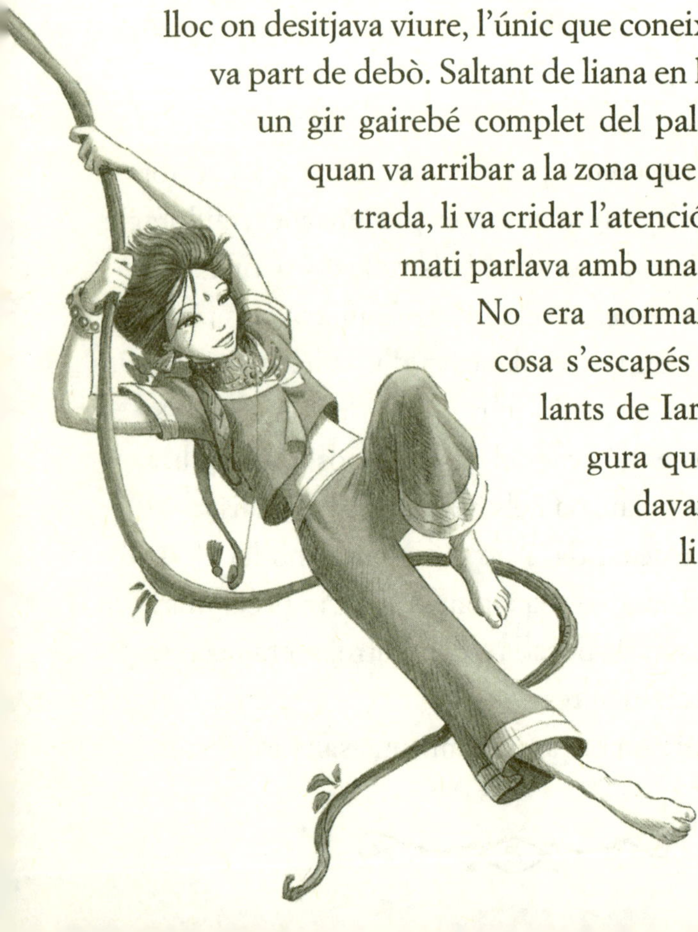

jar el cor a la gola. Aquella noia vestida de blanc tenia un no-sé-què de familiar, de conegut. Es va quedar sense alè i els ulls se li van posar com unes taronges per uns segons, durant els quals Iara va perdre completament la noció del temps i de l'espai.

Va ser cosa d'un instant, però se li va escapar la liana que hauria d'haver aferrat en el salt següent. Se'n va adonar massa tard i ja queia en el buit. Va fer un crit i va tancar els ulls, confiant que no li passés res de greu.

El seu desig es va complir.

Per una afortunada coincidència, aquell mateix matí Arun, l'incansable arquitecte fuster que havia construït Jangalaliana, havia amuntegat fulles i falgueres per reparar el sostre del palau reial. La pila que havia aplegat a la base de l'arbre no era gaire gran, però n'hi va haver prou per parar el cop.

Iara va caure just davant dels ulls d'Arun, amb una gran explosió de fulles verdes, cosa que va cridar immediatament l'atenció de tots els presents.

Arun li va prestar els primers auxilis, mentre Sumati i Samah, amb algunes mones de la guàrdia reial, es van reunir al seu voltant, preocupades per la princesa.

També la pantera Lalima va baixar corrents l'escala i,

amb quatre salts àgils, va arribar fins on era la seva mestressa.

–Ai, ai, ai... –gemegava mentre provava d'alçar-se.

–Princesa! Esteu bé? –li va preguntar Arun mentre l'ajudava a posar-se dreta.

Tenia uns braços robustos i sòlids com uns troncs, i Iara s'hi va repenjar per aixecar-se. Li feia mal l'esquena, s'havia fet una esgarrinxada a la cama i unes pelades als colzes, però... estava bé.

–Què ha passat? –li va preguntar l'home, alleujat en veure que Iara no s'havia trencat cap os.

La princesa no va respondre. La posseïa un sol pensament, semblava hipnotitzada. Després, aquell pensament va cobrar vida davant seu. La princesa es va fregar els ulls per assegurar-se que no era un somni. Però la imatge que tenia al davant li semblava més real que mai.

–Samah! –va exclamar assenyalant la noia que havia vist des de dalt, al costat de Sumati.

La Princesa del Desert va somriure, emocionada.

–Samah! Ets tu, de debò?! –va repetir la Princesa dels Boscos, amb una expressió còmica dibuixada a la cara.

–Sí, petitona meva. I tu també ets «tu», de debò! –va respondre Samah eixamplant els braços–. Tan distreta i despistada com quan eres una criatura!

Iara es va posar a riure i a plorar alhora; no es creia el que veien els seus ulls.

–No s'hi val! Ets tu qui m'ha fet distreure!

–No canviaràs mai, germaneta.

Totes dues princeses es van quedar abraçades durant uns minuts sense que ningú s'atrevís a dir ni una paraula.

14

El jove Vannak

Mentre les princeses vessaven llàgrimes d'alegria, i Kalea i Gunnar es dirigien a Arcàndida, un noi caminava pel bosc amb passos ràpids i decidits.

Era d'estatura mitjana, amb unes espatlles amples i robustes que amb prou feines cobrien els seus cabells foscos i llisos. Els seus ulls verds escrutaven el camí amb atenció, i les seves orelles estaven alerta, preparades per captar qualsevol soroll sospitós. Anava amb el tors nu i, al coll, hi duia un penjoll de colors llampants fet amb llavors i fragments d'escorça. Duia l'espasa enfundada en una beina de cuir, lligada al flanc, damunt d'una faldilla de colors vius. Es movia en el seu element natural, amb la seguretat del cap de la bandada que defensa el seu territori mal que li costi la vida.

El jove es va trobar amb una dona que estava inclinada treballant a l'hortet que havia arrabassat al bosc.

–Salut –li va dir.

–Salut –li va respondre la dona alçant el cap. Així que el va veure, els ulls li van quedar petrificats de la sorpresa i la respiració se li va aturar a la gola.

Semblava que sentia una barreja de respecte i por per aquell noi.

–Dóna records a Mayura i digue-li que aviat l'aniré a veure.

La dona es va limitar a fer que sí amb el cap, però no va manifestar cap entusiasme per aquell avís, que tenia un cert regust d'intimidació i amenaça.

Ella era de la tribu dels Raniges, una de les cinc que vivien al regne, juntament amb els Tamangs, els Sepches i els Knots, uns pobles pacífics que vivien de la ramaderia i l'agricultura, i que, segons el jove, havien comès l'error d'acceptar el Rei Savi i la seva filla Iara com a sobirans del Regne dels Boscos.

Ell, en canvi, era el cap de la cinquena tribu, la dels Nai-Lais. Tenia poder i el respectaven. Era un guerrer com el seu pare, que havia estat víctima d'un destí injust i que aviat seria venjat. Poques setmanes abans, el jove havia convocat els homes de les altres tribus i els havia demanat que li fessin costat en la seva lluita contra la princesa Iara. Els havia donat un temps per rumiar-s'ho. Si s'unien a la seva causa, la dels Nai-Lais, gaudirien de poder i riqueses un cop guanyada la guerra. Si s'hi negaven, no tindrien accés a les Fonts Daurades, que eren en territori Nai-Lai i que proveïen d'aigua tot el regne. S'havia acabat el període de reflexió: els Tamangs, els Sepches, els Knots i els Raniges havien de decidir amb qui s'aliaven. Però cap d'ells no li havia donat una resposta.

«Pitjor per a ells», va pensar el jove. Guanyaria amb el suport o sense el suport de les altres tribus. Per això va decidir no preocupar-se per aquella dona ni el seu marit, Mayura, que era el cap de la tribu dels Raniges, si més no de moment, i va seguir el seu camí. Quan va arribar a un indret determinat es va veure obligat a aturar-se: anava sol i no era prudent anar més enllà. Es va limitar a enfilar-se a un arbre i a observar de lluny el palau reial de Jangalaliana. Ben aviat en seria l'amo. Se sentia fort i decidit. El seu objectiu era allà, a l'abast de la mà. Un altre petit esforç i tot seria seu, per sempre més.

Abans, però, havia de fer una visita molt important. Va baixar de l'arbre i es va encaminar amb passes segures en direcció a les Muntanyes Moscades, el paratge més inaccessible del regne.

Va creuar un rierol cenyit per dues ribes verdíssimes. Llavors, el terreny va començar a elevar-se suaument fins a convertir-se en un pendent costerut. Quan va aparèixer una cabana entremig del fullatge, el jove va comprendre que ja havia arribat a la seva destinació.

15

Iara i Samah

Iara no s'ho podia creure. Davant seu, en carn i ossos, hi havia Samah, la Princesa del Regne del Desert, la seva adorada germana gran. No parava de mirar-la i de somriure, com si en aquell moment tan extraordinari no trobés les paraules per expressar una emoció tan forta com la que sentia.

A Samah, tot i ser més gran i madura, també li costava contenir la tendresa que sentia.

–I si pugéssim? Què hi dieu? –va suggerir Sumati, al cap d'una estona.

I va ser llavors que totes dues princeses es van despertar del seu diàleg silenciós, fet d'emocions i pensaments.

–Oi tant! –va dir Iara–. Però, abans, vull fer les presentacions. Samah, et presento Sumati, que, per a mi, és la persona més important de Jangalaliana..., un punt de referència sòlid com una roca!

Sumati, orgullosa per aquestes paraules, va fer una petita inclinació a la Princesa del Desert.

–És un autèntic plaer coneixe't, Sumati.

–I per a mi és un honor coneixe-us, princesa Samah.

–Digue'm Samah, sisplau. Tu formes part de la família, oi? Per tant, fora formalitats!

Sumati va assentir i va fer un somriure.

–I ell és Arun, el cervell que va projectar el nostre palau reial... i el braç que el va construir! –va afegir Iara, assenyalant la figura massissa de l'arquitecte fuster.

Arun, que s'havia quedat en un segon terme, va fer un pas endavant. Era un home alt i robust, capaç d'aixecar un tronc a pes de braços. Tenia uns ullassos verds i una espessa tofa de cabells arrissats que duia molt curts, a diferència del pentinat tradicional dels homes del regne; però a ell, les tradicions i les modes no li havien interessat mai.

Era una persona esquerpa, li agradava viure en contacte amb la natura i en seguia les lleis. Dormia sempre a la intempèrie i, per posar a prova la seva força i la seva resistència, cada dia creuava nedant les aigües tumultuoses del Riu dels Set Corrents. Segons deia, de la terra, en treia la força, de l'aigua, l'honestedat, i del vent, l'instint.

Samah el va mirar.

–Teniu una habilitat increïble, Arun. No he vist res de semblant mai de la vida! –va dir Samah, alçant els ulls per contemplar el petit món suspès de Jangalaliana.

L'home, que no estava avesat als compliments, es va gratar el cap, avergonyit.

–Gràcies, princesa. Els vostres compliments m'omplen d'orgull!

–Ara que ja hem fet les presentacions, et vull ensenyar la resta de la cort! –va dir Iara.

–Un moment, per curiositat: quants esglaons hi ha? –va preguntar Samah.

–Cinc-cents onze –va respondre sense vacil·lar la Princesa dels Boscos.

–Té cap significat, això?

–No, cap. Arun és un home molt pràctic. Quan va rebre l'encàrrec de construir el palau reial, va treballar sense descans, dia i nit, tot just descansava el temps mínim necessari. No crec que tingués gaire temps per pensar en simbolismes!

–Vols dir que el va construir tot sol?

–No, també el van ajudar algunes de les tribus que viuen en aquest regne.

Iara es va enrabiar pensant en els rebels Nai-Lais, que es van negar a col·laborar en la construcció del palau reial. Però la ràbia només li va durar un instant perquè la va superar l'alegria d'haver retrobat la seva germana gran.

–És una història molt llarga. I potser no és el moment d'explicar-te-la –va afegir–. Tornant al tema dels esglaons, Arun va calcular que el palau s'havia de repenjar en les branques més sòlides de l'arbre i, quan l'escala de cargol que comunica el palau amb la terra va arribar a baix de tot tenia exactament cinc-cents onze esglaons!

Iara parlava pels descosits, com si volgués omplir amb paraules tots els buits que havien deixat els anys que havia viscut lluny de la seva germana. Li havia d'explicar moltes coses i n'havia d'escoltar moltes més! I ara que l'havia retrobat, faria el possible per recuperar el temps perdut. Si més no, era el que ella es pensava.

Quan les princeses van arribar al capdamunt de l'escala, els esperava un home molt alt i prim, amb els cabells llargs i llisos.

Iara se li va acostar agafada de la mà de Samah.

–Samah, tinc l'honor de presentar-te el millor músic del Regne dels Boscos: Darany.

L'home va fer una petita inclinació a Samah.

–Em fa molt feliç coneixe-us.

–He sentit a dir que vós també sou una virtuosa de la música, princesa.

–Sí, toco la flauta. Com ho sabeu?

–Oh, les notícies importants viatgen damunt de la cresta de les notes, recorren llargues distàncies i arriben sempre a la seva destinació. M'imagino que ja ho sabeu.

Sí, Samah ho sabia. La música viatjava amb el vent, transportava missatges d'un extrem a l'altre dels Cinc Regnes, com si les distàncies no existissin.

Poc després, un goril·la es va acostar a les princeses. Samah no se'n sabia avenir: era la mateixa femella amb la qual havia topat en arribar i també la que l'havia conduït fins al palau reial.

–Ens tornem a veure? –va preguntar Samah.

L'animal va insinuar una inclinació.

–Com és això? Ja us coneixeu? –va preguntar Iara, estupefacta.

–Ha estat ella qui m'ha guiat fins a Jangalaliana. M'havia mig perdut pel bosc i, sense la seva ajuda, no sé com m'ho hauria fet per arribar fins aquí.

–Llavors em sembla just que sàpigues qui t'ha ajudat: és Verdelj, la nostra meravellosa cuinera. Els seus farcellets de papir gegants farcits d'arròs negre són un autèntic requisit.

–Em moro de ganes de tastar-los! –va exclamar Samah.

Tot seguit, les dues germanes van entrar a palau.

–La teva cort és molt especial, Iara –va comentar Samah quan es va quedar a soles amb la germana.

–Som pocs, i el regne no és gaire gran, però vivim en harmonia. Si més no, la majoria...

Samah va comprendre que aquelles paraules deixaven entreveure un patiment, una preocupació i, instintivament, ho va relacionar amb la reacció d'abans, quan, durant un instant, el rostre de la seva germana havia reflectit tristesa mentre parlava de la construcció del palau reial.

Després, Iara va reprendre el diàleg, seriosa.

–Si has vingut fins aquí, desobeint la promesa que vam fer al pare, vol dir que no em portes bones notícies.

L'expressió de Samah es va enfosquir.

–En efecte, hem de parlar d'una cosa molt important.

–Anem al saló del tron. Hi estarem més tranquil·les –li va proposar Iara.

Sumati, que les havia acompanyat en silenci, anava a retirar-se, però Iara l'hi va impedir.

–Vine tu, també. És just que n'estiguis informada.

16

La història de Samah

Un cop assegudes en uns coixins molt flonjos posats damunt d'unes estores de palla entreteixida, molt a prop les unes de les altres, Iara, Sumati i Samah ja estaven a punt per escoltar, les unes, i per començar l'explicació, l'altra.

Iara estava molt atenta i preocupada; l'expressió tensa i severa de la seva germana gran no li augurava res de bo.

–Procuraré anar per ordre i espero no deixar-me res perquè, darrerament, han passat moltes coses i totes alhora. Fa un cert temps, Daishan, la nostra cosina, es va escapar de Rocadocre amb un noi, Yuftén, el fill d'un mercader.

–De debò?! –va exclamar Iara.

–Tota la gent de palau ens vam posar a buscar-los, temíem que els hagués passat alguna cosa greu. Quan vam tornar de la primera expedició, l'Avi em va dir que teníem visita: dues persones que havien arribat a Rocadocre des de molt lluny. I aquestes persones eren...

–Daishan i el mercader?

–No, eren la nostra germana Kalea i un jove que es deia Gunnar.

–El promès de Kalea?

–No, no és ella qui s'ha promès, sinó Nives. Més ben dit: s'ha casat. Gunnar és el seu marit!

–Ostres! Quina notícia més bona! Que contenta que deu estar la tieta Berglind!

A Samah se li va escapar un sospir; Iara era incorregible. La seva atenció era voluble com el vent, i la seva curiositat, insaciable. Era impossible acabar de parlar d'un tema sense que ella n'encetés un altre, mai no parava d'interrompre.

–D'això, tal com et deia –va prosseguir Samah, mirant de concentrar-se–, vaig rebre aquesta visita tan inesperada. Gunnar i Kalea havien fet un viatge molt llarg: Kalea des del Regne dels Coralls, i Gunnar encara de més lluny, perquè ja venia d'Arcàndida, del Regne dels Gels Eterns. Estaven esgotats, però la preocupació els havia impulsat a no aturar-se fins a arribar a casa meva. M'havien d'advertir d'un perill.

–Quin perill? –va preguntar Iara, amb els ulls clavats en els de la seva germana.

–Han atacat Arcàndida. I també Flordoblit, la cort de Kalea. Algú prova d'apoderar-se de les nostres estrofes!

–Les estrofes de la Cançó de la Son? És terrible! Qui ens les vol prendre? I la teva estrofa?... Està ben guardada?

–Calma, Iara, fes-me les preguntes d'una en una, que, si no, no podré acabar d'explicar-te la meva història!

Aquelles paraules van molestar una mica Iara, però va

provar de dissimular-ho. Sumati, que seia al seu costat, s'ho escoltava en silenci, completament absorta.

–A Arcàndida, l'intent va fracassar, gràcies a la intervenció de Gunnar. Malauradament, a Flordoblit va triomfar.

–Pobra Kalea!

–Sí. Té un disgust de mort per culpa del robatori de l'estrofa, i es considera responsable per tot el que ha passat.

–I a Rocadocre?

Samah va acotar el cap.

–No ho vam poder evitar. També han robat l'estrofa del Regne del Desert. Pocs dies abans del robatori, vaig confiar a Daishan on era l'amagatall de la làmina de plata amb els versos de la Cançó de la Son. Però van espiar la nostra conversa i la persona que ho va escoltar tot va hipnotitzar Daishan i li va demanar que anés a buscar l'estrofa...

–No m'ho puc creure! Per tant, aquesta «persona» té dues estrofes, oi?

–Com a mínim. Em fa por que, mentrestant, n'hagi pogut robar una altra.

–Ja ho entenc. Has vin-

gut perquè et penses que també ha robat la meva! Però et recordo que la cançó no fa efecte si no som nosaltres, les princeses, les qui donem les estrofes –va objectar Iara.

–Malauradament, l'enemic que ens amenaça és molt poderós i coneix la màgia molt més bé que nosaltres.

–Què dius, ara?! Però... si el pare la va prohibir!

–El nostre enemic no té escrúpols, Iara. I saps per què? Qui ens ataca és el Príncep sense Nom, el fill del Vell Rei.

Sumati, que havia estat en silenci fins llavors, es va sobresaltar i va exclamar:

–Ha tornat!

–I doncs? Que el coneixes? –li va preguntar Iara, sorpresa.

–Coneixia el Vell Rei, però no sabia que tingués un fill. Jo era molt jove, però recordo prou bé quan el vostre pare va derrotar el Rei Malvat i el va adormir juntament amb tota la seva cort amb un encanteri. Va ser la fi d'un malson que, pel que dieu, ha tornat a començar. Com pot ser que el fill se salvés de la son?

Samah va sospirar.

–No ho sé, Sumati. Només sé que té una gran set de venjança i que no s'aturarà fins que no haurà refet tot l'encanteri i haurà recuperat les estrofes. El Príncep es presenta als regnes adoptant l'aspecte d'una persona digna de confiança, espera el moment oportú i llavors ataca.

Aquelles paraules havien afectat profundament Iara, però hi havia una cosa que no acabava d'entendre:

–Ens enfrontem a un enemic cruel i sense escrúpols, d'acord. Es vol apoderar de les estrofes i és molt astut, entesos. Però, què en pensa fer?

–Les estrofes li serviran per recompondre la Cançó de la Son i desvetllar la cort adormida. Prova de reunir els regnes per dominar-los, tal com havia fet el seu pare. Ens hem d'assegurar que la teva sigui encara al seu lloc –va dir Samah.

–Està molt ben amagada –va replicar Iara amb l'aire de qui la sap molt llarga.

–N'estic segura. Però és molt important que vagis a comprovar-ho.

–Estic convençuda que no l'ha tocat ningú.

–Tant de bo que no, Iara.

–Ànims, Samah! Acompanya'm! Veuràs amb els teus ulls que tot està en ordre.

Les princeses estaven tan completament absortes en els seus pensaments que no es van adonar que un insecte de color cobalt sortia per la finestra i es perdia en la penombra del Bosc Vivent.

17
La cabana del bosc

L'ancià Savi dels coleòpters estava assegut a la seva cabana, situada al bell mig del bosc i que no es podia dir que fos una mansió rica: era feta de fusta i tela, i tot el terra estava cobert d'objectes i trastos vells. Escampades aquí i allà, hi havia piles de llibres, flascons que contenien herbes i pólvores, i algunes capsetes de fusta amb la tapa foradada.

Era de nit i el vell seia en una màrfega de fulles. Estava consultant un llibre i amb un bastonet de fusta remenava el contingut fosc i bullent d'una tassa.

–Que hi ha algú? –va preguntar una veu masculina des de fora de la cabana.

–Qui em demana? –va preguntar el savi, una mica molest.

–Sóc Vannak, el cap dels Nai-Lais. Que puc entrar?

–Endavant.

–Salut, vell savi –va dir el jove.

–Salut, Vannak. Què? Com van les coses?

–Les escaramusses continuen i l'honor dels Nai-Lais està fora de dubte. Però encara no hem aconseguit cap victòria decisiva. Les guardianes de Jangalaliana resisteixen els nostres atacs.

–Ja...

–No em rendiré –va dir Vannak amb un rampell d'orgull–. Venjaré el pare, peti qui peti.

El savi va entreobrir els llavis en un somriure fred com la fulla d'una daga.

–Ets valent, noi, i el teu valor serà recompensat.

–Ho faig pel pare i per la meva gent.

–No és a mi, que m'ho has d'explicar, això. Digue'm, per què has vingut?

–Em demanava si em podríeu donar alguna cosa per ajudar-me a encaminar els esdeveniments en la direcció correcta. Ja sabeu a què em refereixo, oi? –va dir el jove mentre un llampec li il·luminava la cara.

–Sempre hi ha solucions alternatives, però requereixen una certa experiència per controlar-les, i tu ets massa jove.

–Ja sóc un home, mestre! I sóc el cap dels Nai-Lais. Que no n'hi ha prou? –li va replicar Vannak, agressivament–. Confieu-me un dels vostres coleòpters. No us en penedireu!

–Els coleòpters són uns éssers molt delicats.

–El tractaré amb molta cura.

–M'ho he de rumiar. I ara vés-te'n. Estic cansat.

–Tornaré aviat, no patiu.

El vell savi li va dedicar una mirada tallant.

Vannak es va sentir provocat per aquella expressió desafiadora i es va acostar al vell savi fins a tocar de la seva cara, com si el volgués atemorir amb tota la força de la seva joventut. Però el vell no es va descompondre i, sense moure ni una pestanya, li va posar una mà al cap. Vannak li va mirar fixament els ulls i va sentir que l'envaïa una determinació molt forta, com si una energia desconeguda el recorregués de cap a peus, donant un impuls vital als seus propòsits bel·licosos.

Després, va sortir de la cabana i va desaparèixer entre els arbres.

Quan el savi es va tornar a quedar sol, va tancar el llibre que tenia al davant i en va agafar un altre de més petit. Així que en va alçar la tapa, rígida i gastada, el volum es va obrir en un punt concret, senyal que el vell havia consultat molt sovint aquella pàgina. Se la va acostar i va començar a llegir una mena de cantilena, amb veu calmada i somorta. Al cap de poc, un petit coleòpter amb la closca de color cobalt va entrar a la cabana. Es va posar damunt de l'espatlla del vell i va semblar que li xiuxiuejava alguna cosa a cau d'orella.

«Perfecte», va dir el vell per a si mateix. Després, va

agafar el bastó, va sortir de la cabana i, amb pas segur, es va perdre entre les ombres de la nit.

Mentrestant, Vannak caminava pel bosc, amb el cor agitat per l'ofensa que havia patit del savi. No era la primera vegada que aquell vell qüestionava la seva autoritat amb l'excusa de la seva joventut. Des que el seu pare havia mort i ell havia ocupat el seu lloc, havia hagut de lluitar contra la incredulitat dels homes de la seva tribu i havia sofert atacs continus. Però ara que s'havia guanyat l'obediència del seu poble, les coses havien de canviar per força. Ara era ell qui tenia el poder i recuperaria allò que li pertocava.

No l'aturaria ningú.

18

El Manglar

Era el capvespre. Samah, Iara i Lalima caminaven en fila índia pel bosc. Una flaire de terra i de flors perfumava l'aire. Al seu voltant, se sentia el vaivé dels animals nocturns, caçadors en l'obscuritat, que es movien amb circumspecció i agilitat. La foscor embolcallava el bosc amb la seva abraçada de vellut. Les princeses avançaven a la llum d'unes torxes alimentades amb la resina d'una planta molt abundant al regne, l'Arrel del Fum Blanc, mentre que Lalima, que tancava la fila, inspeccionava l'espessa vegetació amb els seus ulls felins.

La petita expedició es dirigia al sud-est. Allà, hi havia el Manglar, un indret remot i poc freqüentat. Justament per

aquest motiu el Rei Savi l'havia elegit per amagar-hi l'estrofa de Iara.

Samah estava visiblement preocupada, parlava poc i tenia la mirada fixa a terra.

Iara, en canvi, no parava de fer i desfer mentalment els fragments de la història que acabava d'escoltar. Malgrat tot, confiava trobar la seva estrofa al seu lloc. No havia notat res d'estrany en el seu poble. És clar que els Nai-Lais li feien la guerra, però allò era una qüestió molt antiga. O potser no. Potser eren ells els qui protegien el Príncep sense Nom, ells, que sempre havien estat fidels al Vell Rei. Potser el cap de la tribu tramava robar-li l'estrofa, potser ja ho havia fet... No, impossible. Tenia la certesa que l'estrofa estava ben segura al seu lloc.

–No el sap ningú, el lloc exacte de l'amagatall –va dir a la seva germana gran, al cap d'una estona.

–Kalea tampoc no havia revelat a ningú l'amagatall de l'estrofa. Tot i així, ja saps com van anar les coses...

–Que pessimista que ets! Au, va, tingues una mica de confiança!

Samah va esbossar un somriure.

–Hi ha una cosa que no t'he dit.

–Quina?

–Kalea ha vingut amb mi, i també Gunnar. Hem vingut junts al Regne dels Boscos. Ens hem separat en una clariana, davant d'uns arbres molt estranys que semblava que estiguessin abraçats. Després, jo he seguit el meu camí en direcció a Jangalaliana.

Iara va obrir una boca de rap per la sorpresa. Sempre ho feia, des de petita. «Que graciosa», va pensar Samah, gaudint d'aquell rar moment de serenitat.

–Us heu separat als Arbres Abraçats?! No m'ho puc creure! I on són ara Kalea i Gunnar?

–Han hagut de tornar a Arcàndida.

–M'hauria agradat tant tornar a veure Kalea! –va dir Iara, desil·lusionada.

–Ja ho sé, Iara, però la situació és molt greu. Hi havien de tornar al més aviat possible. Com que el Príncep sense Nom no es va poder apoderar de l'estrofa de Nives, Gunnar pateix perquè creu que no trigarà gaire a tornar-ho a intentar.

–Ei, que això ja m'ho has dit! Però no m'has dit com s'ho va fer el Príncep sense Nom per introduir-se sense problemes al Regne dels Gels Eterns.

–El Príncep es va fer passar per un pretendent, per conquerir el cor de Nives.

–És evident que no sabia amb qui hauria de tractar. Amb aquell caràcter tan explosiu que té, el devia fer fugir cames ajudeu-me com a mínim!

Totes dues es van posar a riure, divertides, i la tensió va disminuir durant una estona.

~*~

Per a una persona com Samah, que no havia vist mai un manglar, l'espectacle va ser inoblidable. Una lluna immensa i lluminosa havia sorgit per damunt d'aquell paisatge on semblava que el temps s'hagués aturat. Tot feia pensar que es tractava d'un regne a part, fet d'arbres baixos amb unes arrels nuoses i recargolades que semblaven potes d'animals fantàstics que s'havien enfonsat en la terra tova i fangosa de la llacuna. Algun ocell nocturn volava de branca en branca i, sobre la superfície encalmada de l'aigua, saltaven peixets a la recerca d'aliment.

Als indrets en què els arbres eren menys abundants, les aigües somes reflectien la imatge de les capçades frondoses i arrodonides. En alguns punts, per això, l'aigua s'havia retirat deixant al descobert el fons lluent i fangós.

Samah va seguir la seva germana vorejant la riba de la llacuna. Totes dues princeses van caminar un centenar de metres abans d'arribar a un petit moll de fusta on hi havia lligada una embarcació llarga i estreta feta amb un sol tronc buidat.

–Continuarem amb barca –va explicar llavors Iara.

Lalima va esperar que s'assegués Samah i, després, va pujar a bord amb un salt que va fer trontollar perillosament la canoa. L'enorme felí va acotar el cap com per disculpar-se i Samah, divertida, li va fer una carícia.

–No et preocupis, que no hem caigut a l'aigua!

De sobte, la pantera va fer un bot que va sobresaltar

Samah. En realitat, l'animal s'havia posat a escoltar, com si hagués sentit alguna cosa sospitosa.

–Què passa? –va preguntar Samah.

–Si passa res, Lalima ens ho farà saber, no passis ànsia –va replicar Iara, que, per temperament, tendia a no alarmar-se abans d'hora.

Havent dit això, la Princesa dels Boscos va empunyar un rem i es va posar a remar; la canoa lliscava amb lleugeresa, a flor d'aigua, i fendia el reflex d'una lluna més lluminosa que mai.

Després d'un trajecte breu, Iara es va aturar davant d'un arbre aparentment idèntic als altres.

–Ja hi som.

–Vols dir que l'estrofa...

–És a sota d'aquella arrel –va dir Iara.

I va assenyalar una arrel molt grossa que formava dos cercles que s'entrecreuaven.

Aquell dibuix, Samah ja l'havia vist a l'Acadèmia del Regne del Desert: era el símbol de l'infinit. I va preguntar:

–Aquella d'allà?

–Justa la fusta. Espera'm aquí si no vols quedar xopa. Torno de seguida.

Havent dit això, sense esperar la resposta de la seva germana, la Princesa dels Boscos va saltar de l'embarcació i es va posar a caminar per l'aigua tèbia que li arribava fins a la cintura.

Mentrestant, Lalima continuava mirant al seu voltant, inquieta.

Samah va començar a preocupar-se.

19

L'estrofa dels boscos

Iara va caminar per l'aigua calenta i salabrosa de la llacuna que acollia el Manglar. Amb quatre passos, va arribar fins a les arrels del mangle. Vistes de prop, eren més grosses i perdien una part de l'efecte que les feia assemblar-se al símbol de l'infinit.

Iara va acariciar aquella superfície llisa i, després, es va submergir davant de la mirada atenta de Samah i Lalima, que s'havien quedat a la canoa. El cap de Iara va reaparèixer al cap d'uns instants, amb unes algues entortolligades als cabells. Se les va treure amb una mà. Amb l'altra subjectava una capseta. Era quadrada i fosca. La va netejar com va poder i després es va acostar a la barca i la va ensenyar a Samah.

–És aquí dins! –va dir tota emocionada.

Samah va tocar la tapa de la capsa amb un dit.

–És de pedra? –va preguntar.

–Sí, és un mineral que resisteix molt bé l'acció de l'aigua i el fang –va contestar Iara.

Llavors, la va obrir resant perquè hi trobés l'estrofa. I, efectivament, la petita làmina de plata era allà, sana i estàlvia. Samah va sentir un alleujament immediat. Gairebé es va penedir d'haver-se preocupat tant. Hauria de seguir l'exemple de la seva germana, tan optimista i alegre. Va agafar la capsa i va acostar-hi la torxa per llegir les paraules que componien l'estrofa:

Rei del son pregon,
sobirà de la quietud del món.

Tu que governes la boscúria verda
i tot ésser que s'hi desperta,

confina en l'oblit el vil tirà
que a tot el Regne greu dany causà.

Samah va notar que el cor li bategava amb força per l'emoció. Ella, la germana més gran, havia sentit recitar tota la Cançó de la Son en la veu del seu pare, molts anys abans, i, en aquell moment, evocar una de les estrofes li havia fet venir a la memòria els últims moments abans de la disgregació de la seva família. Tenia al davant els rostres de les seves germanes: l'estupor de Kalea, la curiositat de la petita Iara, la cara emmurriada de Diamant i les galtes vermelles de Nives. Havia d'evitar perdre's en els records i concentrar-se en el present. Haver retrobat l'estrofa li semblava un fet fonamental. Per això es va animar.

–Em sento molt alleujada. De debò –va dir Samah.

Iara va mirar la seva germana gran amb orgull.

–Ja t'ho he dit. Ho tinc tot sota control.

En aquell moment precís, Lalima va fer un rugit tot mirant un punt entre els arbres.

–Hi ha algú! –va exclamar Samah amb la mirada fixa en una clapa de vegetació que tenien a l'esquerra.

–Potser és un animal. Allà a baix, la vegetació és tan densa que no s'hi podria esmunyir cap embarcació.

–I si és algú que ens ha seguit a peu?

–Hauria de ser una persona d'allò més àgil per poder caminar per damunt de les arrels. Però ho dubto. Sisplau, Lalima, tranquil·litza't tu també.

Però Lalima no estava gens tranquil·la. Continuava mirant al seu voltant, inquieta. Samah també estava nerviosa: hi havia algú a la selva, n'estava segura. Però qui? I què volia? Va provar d'allunyar del seu pensament el Príncep sense Nom.

Mentre Iara tornava a bord de l'embarcació, un petit coleòpter va volar davant seu, fent centellejar a la llum de la lluna els meravellosos matisos de color cobalt de la seva closca.

20

El retorn a casa

Les dues princeses no eren les úniques que tornaven cap a casa.

Dos homes, un de vell i un de jove, també tornaven a la seva cabana, cadascun pel seu compte. El primer caminava més lentament, amb l'ajuda d'un bastó llarg que s'enfonsava en la terra tova del sotabosc. El segon, en canvi, avançava tan veloç com un animal perseguit.

Eren el mestre dels coleòpters i Vannak, el jove cap de la tribu dels Nai-Lais.

En arribar a la seva modesta cabana, el vell va retirar la cortina que en cobria l'entrada, hi va entrar i es va asseure. Va llançar el bastó en un racó i va agafar una gerra de terrissa fosca. Se la va acostar als llavis i en va beure amb avidesa. Després, es va netejar la boca amb el dors de la mà i va somriure, satisfet.

Llavors, va veure com entrava per un forat de la cortina un petit coleòpter de color cobalt que se li va posar damunt d'una espatlla.

–Has tornat, amic meu –va dir amb la seva veu aguda.

El coleòpter es va lliurar a un vol ple d'acrobàcies i després va tornar al seu lloc.

Havia estat una jornada molt llarga, però ara, finalment, ja podia reposar, va pensar el vell. Es va estirar al jaç de fulles i va començar a lluitar contra els pensaments que el volien mantenir en vetlla.

Al final, el cansament va fer callar la seva ment i va caure en un son ombrívol i turmentat.

A l'altra punta del bosc, el jove Vannak va arribar a la cabana on vivia amb la seva mare després que la mort prematura del seu pare a la Guerra dels Regnes l'hagués investit com a cap de família.

Del seu pare, servidor del Vell Rei i guerrer valerós, Vannak n'havia heretat la determinació i l'audàcia que amb els anys havien prevalgut per sobre del caràcter dòcil i pacífic de la seva mare.

–Vannak! Que ets tu? És molt tard –va dir la mare quan el va veure entrar.

–No cal que m'esperis desperta, prou que ho saps! –li va respondre secament el jove.

La dona es va aixecar i se li va acostar. Encara era bonica, tot i que el dolor li havia dibuixat uns solcs profunds al voltant dels ulls. Sempre somreia i estava agraïda pel que tenia. Treballava tot el dia als camps de la tribu i, després, quan tornava a casa, cuinava, endreçava i cosia. Cada setmana anava al riu amb les altres Nai-Lais per agafar argila per fabricar gerros i objectes decoratius.

–On has estat fins ara? –va preguntar la dona al noi.

–Al bosc. Havia de supervisar la situació –va respondre Vannak.

–Fill meu, no et sembla que ja ha arribat el moment d'acabar aquesta guerra? Només ha portat sofriment al nostre poble. A més, a què treu cap?

–Mare, ara estem en guerra, com abans el pare havia estat en guerra contra el Rei Savi. Jo sóc el cap de la nostra tribu i, tant si t'agrada com si no, conqueriré Jangalaliana!

–Per què t'obstines a combatre contra la princesa Iara?

–Aquella nena sense suc ni bruc?

–Vannak! No parlis així de la teva sobirana!

–Jo no la reconec com a tal i tu tampoc no ho hauries de fer. La nostra gent no està de part d'ella.

–Això és perquè l'odi ha ocupat el lloc de la sang al vostre cor. Que no ho entens?

–L'únic que entenc és que el meu pare va morir per culpa del Rei Savi, i les seves filles ho hauran de pagar.

–El teu pare es va deixar encegar per la ira i la set de poder, Vannak.

En sentir aquelles paraules, un llampec de ràbia va

travessar el rostre del jove. Es va acostar a la seva mare amb tota la rancúnia que tenia al cos i li va dir:

–No ho tornis a dir, això. Mai més! Entesos?

La dona el va mirar amb ulls tristos i es va demanar com acabaria el seu fill. Havia canviat tant, últimament, que li costava reconeixe'l, perquè el devorava el rancor i el desig de venjança.

Vannak va sortir de la cabana rebotent contra el terra el plat on hi havia el seu sopar. Des de fora, va sentir plorar la seva mare, però el seu cor era massa orgullós per tornar enrere.

21
Una guerra molt llarga

Les hostilitats continuaven formant part de l'ordre del dia. Un soroll ressonava entre els arbres de la llunyania.

Iara s'havia despertat d'hora i estava preparada per anar al camp de batalla. A Samah, que havia dormit a la mateixa estança, li havia semblat sentir una fressa estranya mentre dormia.

–Què passa, Iara?

El rostre de la Princesa dels Boscos es va enfosquir.

–És la guerra, Samah. Cada dia hi ha petites escaramusses.

–És a dir, que Gunnar tenia raó: quan vam arribar, ens va dir que li havia semblat sentir ecos d'una batalla.

Una guerra molt llarga

Iara es va asseure a terra, al costat del llit. Samah la va seguir amb la mirada i va ser llavors que es va fixar en la catifa que cobria el terra: s'assemblava molt a la de la seva estança, amb figures i animals de la selva.

–Jo en tinc una de molt semblant –li va comentar.

–Cadascuna de nosaltres en té una. És feta amb una infinitat de petits nusos –li va explicar Iara.

–Sí, ja ho sé. Les va fer Dasín, la teixidora que viu amb mi a Rocadocre. Té unes mans molt hàbils i tot el que surt del seu teler és prodigiós.

La Princesa del Desert recordava prou bé aquelles catifes. Si les posessin juntes, formarien un gran dibuix únic. Que bonic que seria poder-ho fer algun dia!

–Ànims, germaneta! –va dir a Iara, espolsant-se aquells pensaments–. Explica'm més coses d'aquesta guerra.

La mirada de Iara es va enfosquir, no tenia l'alegria habitual.

–És una lluita que ja fa massa temps que dura i s'origina en la rebel·lió d'una de les tribus del regne.

–I per què s'ha rebel·lat aquesta tribu? Sempre has estat una princesa justa.

–No tothom pensa com tu. N'hi ha que em considera una nena consentida.

–Qui es permet fer una insinuació com aquesta?

–Un mico pelut!

–Com és possible que sempre tinguis ganes de fer broma? La guerra és una cosa molt seriosa!

–Ja ho sé, i tant que ho sé, massa que ho sé. Per això provo de *desdramar* la cosa.

–Es diu desdramatitzar, ximpleta –la va corregir Samah, somrient.

–Ja, i què? Dient-ho així t'he fet somriure!

–Ho admeto: te n'has sortit. Però ara continua explicant-me això de la guerra.

–Et parlava dels Nai-Lais. Sempre van ser fidels al Vell Rei, però, últimament, la situació ha empitjorat. El cap de la tribu, un home fred, enemic del nostre pare, es va morir, i el fill ha ocupat el seu lloc. El problema és que aquest noi encara és més hostil i assedegat de venjança que el seu pare. M'odia a mi i a tota la cort en pes, i continua una lluita que va néixer molt abans que ell, amb una determinació i una obstinació que no puc entendre: com és que té una aversió tan gran contra la nostra família, si ni tan sols ha conegut el nostre pare?

–Mira, Iara, qui creix en l'odi difícilment aconsegueix alliberar-se'n. És més fàcil cedir a la rancúnia que trobar la força per mirar endavant. Cal tenir un esperit fort per entendre que la venjança no porta enlloc.

Havent dit això, Samah va fer un sospir. No s'havia imaginat que Iara s'hagués d'enfrontar amb aquestes dificultats. Empesa per la curiositat, li va preguntar:

–I com es diu aquest noi?

–Vannak. Em penso que no és gaire més gran que jo, però no t'ho sabria dir del cert. Només ens hem vist una vegada, quan érem petits. I encara que ens haguéssim volgut fer amics llavors, no hauríem pogut. Tens tota la raó, Samah: és difícil obrir-se a l'amor quan t'han criat en l'odi. I aquella vegada, l'hostilitat dels

Nai-Lais contra el nostre pare i la nostra cort va impedir fins i tot que Vannak i jo ens acostéssim.

–És terrible!

–I no té sentit. Podríem viure en pau, i en canvi...

Samah va reflexionar uns instants.

–Ja sé què penses, però de debò que no hi ha solució. Hi pots pujar de peus –li va dir Iara.

–T'equivoques, em fa l'efecte que hi ha una possibilitat. Però haurem d'anar a parlar amb Vannak –li va respondre Samah.

Iara es va posar a riure.

–Oi tant! Ens presentem a casa seva i li diem: «Hola, Vannak, nosaltres creiem que aquesta guerra és inútil, per tant, posem fi a les hostilitats!». Ell estarà totalment d'acord amb nosaltres, ens invitarà a una infusió d'herbes i parlarem de pau tots plegats. No, germana, l'únic que farem és atiar el seu odi. No ens voldrà escoltar, més ben dit, tindrem molta sort si ens hi podem acostar.

–Però a nosaltres no ens importa el que ell vulgui! T'asseguro que no es farà enrere si l'ataquem pel costat que toca.

–Samah, que no m'has escoltat? És un jove orgullós i el rosega una rancúnia molt antiga. No ens voldrà escoltar.

–Què t'hi jugues que ens escolta? Els problemes d'un regne se solucionen amb el diàleg, no amb les armes –va respondre Samah sense admetre rèpliques.

Iara estava convençuda que el pla de Samah estava condemnat al fracàs. Els Nai-Lais eren una gent dura, sense cor. Era temps malgastat, i la seva germana se n'adonaria ben aviat.

22

El repte

Iara, Samah, Lalima i dues mones guardianes van arribar al poblat dels Nai-Lais escortades per un escamot de guerrers de la tribu armats amb llances i fletxes. Les princeses se'ls havien trobat al bosc i els havien informat que volien parlar amb el seu cap.

Iara no tenia ni idea del que diria a Vannak, però disposava de la seva determinació i la diplomàcia de Samah. La Princesa del Desert considerava fonamental parlar-hi cara a cara, per esbrinar quina mena de persona era. «Per la mirada se saben moltes coses», els deia sovint la seva mare.

Era un dia núvol i fresc; el cel gris creava una atmosfera pesant, gairebé immòbil a l'entorn de la vegetació i les persones. Tot i tothom semblaven esperar alguna cosa, potser aquella trobada.

–Espereu-vos aquí –els va dir un dels guerrers Nai-Lais que les havia acompanyat.

Les dues germanes es van quedar esperant a una vintena de metres de les cabanes. No n'hi havia gaires, però estaven ben cuidades. Les dones i les criatures devien estar refugiades a l'interior perquè a fora només s'hi veien homes, molt ben armats.

Les princeses s'esperaven en silenci. Capficades en els seus pensaments, provaven d'imaginar la reacció de

Vannak quan un home es va abraonar sobre elles, llança en mà, disposat a colpir Iara. Lalima no va dubtar gens: en advertir el perill, d'un bot va fer caure l'agressor i li va bloquejar la mà que subjectava l'arma amb les seves poderoses potes. En un instant, s'hi van presentar tres homes més.

–Agafeu aquest home i lligueu-lo! –va ordenar el més jove.

Era un noi, però tenia l'empenta d'un home. Cabells llargs i llisos, mirada ferotge... Havia de ser Vannak per força, van pensar les princeses.

Totes dues germanes van observar el jove que tenien al davant, esperant que parlés.

–Sóc Vannak, el cap d'aquesta tribu. Heu corregut un gran perill venint fins aquí. Què us hi ha impulsat?

Li va respondre Samah:

–Sóc Samah, Princesa del Regne del Desert i germana de Iara. Trobo que ens deveu una disculpa.

–Una disculpa? Ja sabíeu a què us arriscàveu quan us heu endinsat al meu territori! –va dir ell en un to de menyspreu.

Feia molt de temps que Vannak no veia Iara. La va trobar altiva i segura, però es va guardar prou d'expressar el seu pensament. Per a ell, Iara només era una enemiga.

–Ep, una mica de respecte! Recordeu que sóc la vostra princesa! –va exclamar Iara, visiblement alterada.

Samah es va adonar que calia apaivagar els ànims. Va estendre les mans cap endavant.

–Hem vingut per parlar de pau.

–Mira que bé, però aquí només hi trobareu guerra!

–Les guerres només porten sofriment i dolor, Vannak.

–Princesa Samah, us aconsello que no us fiqueu on no us demanen.

Samah el va mirar, irritada. No estava acostumada que li faltessin al respecte. A banda que, per a ella, les bones maneres eren fonamentals.

–Teniu raó. Parleu amb mi! –el va exhortar Iara, fent un pas endavant. Ara, les cares de tots dos estaven molt pròximes.

–Què voleu?

–Us proposo un repte.

Samah, blanca com la llet, va mirar la seva germana, però va decidir no intervenir-hi.

–Un repte? Quina mena de repte? –va preguntar Vannak, encuriosit per la proposta.

–Tir amb arc, el millor de tres intents –va replicar Iara–. Si guanyo jo, cessareu les hostilitats.

–D'acord. I si guanyo jo?

–Us cediré el regne.

Aquestes quatre paraules van colpir el cor de Samah com pedres.

Va llançar una mirada furiosa a la seva germana, però es va estimar més no dir-li res per no comprometre la seva credibilitat davant dels Nai-Lais. Hi parlaria així que es quedessin soles. Iara havia comès una imprudència molt greu i calia trobar la manera de posar-hi remei al més aviat possible.

–Si hi esteu d'acord, ens trobarem aquí mateix demà –va concloure Iara.

–Accepto el repte! Fins demà –va respondre Vannak, sense perdre el temps.

El seu somriure irònic no augurava res de bo.

Segona Part

23

Una arribada... glaçadora

Mentre a Jangalaliana es llançava el repte entre Vannak i Iara, Kalea i Gunnar havien recorregut l'estret passatge que comunicava el Llac Infinit amb Arcàndida, i ara, confiats, feien cap a la claror que sorgia del fons del corredor. No havia estat un viatge gaire llarg, però feia molt de temps que s'havien posat en camí i ja començaven a notar el cansament. La princesa estava esgotada, però el pensament de tornar a abraçar Nives i les seves cosinetes, Thina i Tallia, després de tant de temps, la sostenia pas rere pas.

Gunnar, en canvi, estava preocupat. Havia estat lluny del regne més temps del que tenia previst i estava intranquil. Sentia un nus a la gola que no el deixava parlar i sabia que aquest nus només es desfaria quan veiés Nives sana i estàlvia.

La claror es feia més intensa a mesura que tots dos viatgers avançaven i deixaven enrere la foscor del Regne dels Boscos.

Quan, finalment, van arribar a la sortida del túnel, Kalea es va protegir els ulls amb una mà, mentre que Gunnar s'esforçava per adaptar-se a la llum al més aviat possible per poder donar un cop d'ull. Però la llum no era l'únic problema: tots dos portaven roba d'estiu, gens adequada per a les temperatures gèlides del Regne dels Gels. Justament per això, Gunnar, que no sabia exactament on els havia portat el passatge, resava perquè no fos gaire lluny del palau reial.

Va tancar i obrir les parpelles unes quantes vegades i després la va veure: Arcàndida s'elevava davant seu, amb les muralles inexpugnables i les teulades punxegudes, la façana alta i esvelta que els rajos del sol feien brillar com un diamant enorme encastat en la planura glaçada.

En aquell moment es va adonar de com havia trobat a faltar el palau de gel.

–No puc mantenir els ulls oberts, Gunnar!

–Dóna'm la mà, jo et guiaré. Aviat t'hi acostumaràs.

Hem tingut molta sort, som a la Carretera dels Reis, a l'oest de les muralles. Aviat tornaràs a tenir calor.

–Calor? Ja ni me'n recordo de què vol dir això! –va dir Kalea, que, tota tremolosa, caminava arrapada a Gunnar, amb els peus descalços enfonsats en la neu blanca i gelada.

Quan per fi es va acostumar a la llum, Kalea va alçar la mirada i es va quedar amb la boca oberta en contemplar la meravella que tenia al davant. Va observar el palau reial sense poder parlar; en part, perquè estava morta de fred, i en part per l'emoció de trobar-se davant del lloc en què havia pensat tantes vegades, però, sorprenentment, la realitat superava de bon tros la fantasia.

–Que no hi havies estat? –va preguntar Gunnar a Kalea.

En realitat, els seus pares l'hi havien portat una vegada quan era petita, massa petita per conservar-ne un record nítid.

Però això era massa complicat d'explicar en aquelles circumstàncies. Per això Kalea va fer que no amb el cap, sense apartar la mirada dels pinacles d'Arcàndida.

Tot i estar avesat a aquella arquitectura tan espectacular, la imatge també va afectar Gunnar d'una manera molt especial, com si la llunyania li hagués fet comprendre la intensitat del vincle que l'unia a aquella terra.

Petant les dents i tremolant com fulles per culpa de la roba tan lleugera que portaven, tots dos es van acostar al pont llevadís, que estava alçat.

Kalea el va mirar amb una expressió inquisitiva.

–I ara, què?

Al cap de poques passes el pont va començar a baixar.

–Aquest pont reconeix les persones que estan autoritzades a entrar a Arcàndida –li va explicar Gunnar.

Quan eren a la meitat del pont, Kalea es va acostar al parapet i va mirar cap avall perquè tenia curiositat per saber què hi havia sota. Però aviat se'n va apartar, esporuguida. Embolcallat en una boira densa hi havia un fossat, però no en podia veure el fons de tan lluny com era.

Gunnar la va tranquil·litzar:

–Això és el Fossat Enfervorit. Les princeses el podeu fer servir sense que us passi res. A baix de tot, hi ha el passatge que porta al Regne de la Foscor.

Kalea va assentir, confosa. Com podia ser que aquell abisme fos el passatge que portava al Regne de la Foscor?

La Princesa dels Coralls va provar d'abocar-s'hi novament i mirar avall; després, amb Gunnar, va anar cap al portal clavetejat.

24
Un descobriment terrible

El pati del palau reial era blanc, gèlid i desert. Gunnar va donar un cop d'ull ràpid als voltants, estranyat que no hi hagués ningú a la vista. Després, es va fixar que el portal d'entrada era obert. «Que estrany», va pensar. Un cop a l'interior, els dos viatgers es van trobar en un gran atri, que també estava desert. Gunnar va tancar el portal darrere seu, perquè no entrés el fred.

Afortunadament, Kalea havia deixat de tremolar.

–Quin espectacle! –va dir la princesa, que tenia el nas enlaire i ho recorria tot amb la mirada. Amb els dits va tocar una paret de gel, llisa com una gemma.

Gunnar, en canvi, estava molt preocupat. Va enfilar el

passadís de l'esquerra i va inspeccionar els primers salons que va trobar. No hi havia ningú. Només hi havia buit i silenci.

–On és la gent?

–No ho sé, Kalea, però ben aviat ho descobrirem. Vine amb mi –va dir precipitant-se cap a l'escala que portava als pisos superiors.

El passadís del primer pis estava silenciós i desert, com tots els altres llocs que havien vist.

Llavors, Gunnar va tenir una intuïció. Es va acostar amb quatre gambades a una porta, seguit de prop per Kalea. D'una batzegada, la va obrir de bat a bat: era l'entrada del saló del tron, l'únic que no estava buit. I en aquell saló, es van confirmar tots els temors de Gunnar.

S'ho va haver de mirar més d'una vegada per creure's el que veien els seus ulls: un enorme bloc de gel ocupava tota l'estança i, a l'interior, hi havia empresonada tota la cort d'Arcàndida!

Se li va tallar la respiració i per un instant el seu cor va deixar de bategar.

–Ai, no! –va cridar Kalea, arrencant a plorar.

Després va córrer en direcció a la immensa trampa de gel, per veure-la més bé.

Gunnar la va seguir, horroritzat. Amb prou feines podia moure els peus, com si ell també estigués empresonat dins del bloc de gel.

Els rostres d'Olafur, Tallia, Thina, la tieta Berglind, Erla, Arla... Tots havien quedat immortalitzats amb una expressió de terror. Boques obertes i ulls esbatanats. Com havia pogut passar, allò? Gunnar no se'n sabia avenir.

–Però... però... on és Nives? –va preguntar Kalea, que no la trobava.

Gunnar va fer la volta a l'enorme bloc i la va veure: la Princesa dels Gels havia estat congelada mentre allargava una mà per aturar algú. Amb l'altra mà, subjectava un petit estoig cilíndric. L'estoig era buit.

–És aquí –va dir el príncep en un to lúgubre–. Fixa't'hi: ha provat de protegir-la fins a l'últim moment!

–De què em parles?

–De l'estrofa de la Cançó de la Son. Era dins d'aquest estoig. El príncep no la va poder robar la primera vegada que va venir. Es va escapar deixant-me aquest record –va dir Gunnar, tocant-se la cama–. Ha estat culpa meva. Si l'hagués capturat, si l'hagués pogut enxampar...

–No ho diguis, això, Gunnar. Estic convençuda que vas fer tots els possibles! –el va consolar Kalea, que no volia perdre l'esperança.

Gunnar va posar una mà al costat del rostre de Nives, com si li volgués transmetre el caliu del seu amor.

–Et prometo que t'alliberaré –li va dir.

Després, li va mirar els ulls: eren més blaus i límpids que mai. Semblava que demanessin ajuda.

Kalea estava trastornada.

–I ara què fem?

–Hem de trobar la manera d'alliberar-los –va dir Gunnar.

–Sí, però, com? –preguntava Kalea.

–No ho sé. Tot fa pensar que han estat víctimes d'un encanteri.

A Gunnar li va venir al pensament la seva vida de llop, però només un instant. No tenia temps per a records: calia actuar.

Kalea, en canvi, no podia deixar de mirar la cort empresonada en el gel. Hi havia una cosa que no li quadrava.

–Vols dir que no hi falta algú?

Gunnar s'ho va mirar amb atenció i després va tenir una inspiració.

–Oi tant! Helgi! Hi falta Helgi, el jardiner!

–Ai, no!

–Això no vol dir que li hagi passat res de dolent. Potser es va salvar! L'hem d'anar a buscar.

Havent dit això, el Príncep dels Gels Eterns va córrer escales avall i va sortir al pati. Kalea es va quedar al saló del tron; les llàgrimes que havia provat de contenir fins a aquell moment li van amarar les galtes. Es va amagar la cara entre les mans i va plorar per la por, pel desconsol, pel cansament. Després, la va sobresaltar un so: eren uns udols llargs que es repetien a intervals regulars. Algú cridava la guàrdia reial d'Arcàndida per auxiliar la cort adormida; Gunnar necessitava l'ajuda dels seus amics llops.

25
Una rialla allarga la vida!

Mentrestant, molt lluny dels pinacles d'Arcàndida, Iara passejava nerviosament per les passarelles del palau reial de Jangalaliana. Havia fet bé de desafiar el seu enemic? No ho volia admetre, però estava molt espantada. Com se li havia acudit la peregrina idea de jugar-se tot el seu regne a tres tirs de fletxa?

Però ja era massa tard per penedir-se'n. Havia tirat el dau i no es podia fer enrere.

Havia de guanyar per força si volia retornar la pau i la tranquil·litat als boscos. Però si perdia...

No, no, ni pensar-hi! Va sacsejar el cap per espolsar aquell pensament i, tot seguit, va pensar en Samah, en la seva expressió contrariada. La seva germana no hi esta-

va gens d'acord, però no li havia dit res; s'havia limitat a tancar-se en un silenci obstinat i a dedicar-li unes quantes mirades assassines.

–D'alguna manera, això representa un gest de confiança en mi, no trobes, Lalima? –va preguntar a la pantera.

Lalima va bellugar lleument el cap.

No era propi de Iara dubtar de les decisions que prenia. Ella era així: impulsiva i més inclinada a l'acció que a la reflexió.

La tarda va passar molt de pressa enmig d'aquells pensaments rumiats en veu baixa. La Princesa dels Boscos es va adonar que la llum havia canviat, es va abocar a la passarel·la i, com sempre, es va embadalir amb la quietud del crepuscle. Lalima la va despertar dels seus pensaments fregant-li la cama amb el morro. Iara la va mirar, divertida; li va semblar que la pantera li retornava la mirada de complicitat. Llavors la princesa va exclamar:

–Aviam qui hi arriba primer!

Va arrencar a córrer pels passadissos del palau reial, però Lalima, amb dos salts, li va passar al davant i es va arraulir a esperar-la al llindar del saló principal.

–D'acord, d'acord, aquesta vegada has guanyat tu. Però demà jo derrotaré Vannak... Oi, Lalima? –va dir Iara, segura de si mateixa.

Lalima la va mirar, sorneguera, amb els seus ullassos de color ambre.

Quan Samah la va veure entrar al saló a l'hora de sopar, no es va poder contenir:

–Com pot ser que estiguis tan alegre?

–Perquè demà salvaré el regne i s'acabarà aquesta guerra inútil. És un bon motiu, no trobes?

–I si perds, què?

–Ui, Samah, no siguis tan pessimista, que la vida és una festa! Parlant de festes: anem a seure, va!

La sala era càlida i acollidora. Pertot arreu cremaven espelmes perfumades i les seves flametes tremoloses projectaven reflexos daurats a les parets i a tot el que hi havia a l'entorn.

Les princeses es van asseure al costat de Sumati, al voltant d'una taula baixa, guarnida amb petites tovalles de bambú i teles de colors vius. A l'altre extrem de la sala, hi havia les mones guardianes, Arun i Darany.

A Samah li sabia greu fer el paper de germana rondinaire, però amb Iara era inevitable.

–Demà serà un dia molt difícil, val més que descansis.

–No m'engeguis sermons! Sigui com sigui, bé hem de sopar, no? Llavors, per què no sopem amb alegria? –va dir Iara.

Verdelj, la cuinera, es va presentar amb una gran plata d'arròs bullit fumejant, rodanxes de peix de llacuna a la brasa i verdura estofada. Una autèntica delícia per als ulls i el paladar. Va posar la plata damunt de la taula i va fer una petita inclinació. Després, va servir una safata enorme a les mones guardianes, que es van entusiasmar en veure'n el contingut: peles de plàtan, fruita seca, fulles i nèctar de flors.

–Quina oloreta! –va exclamar Iara.

Els comensals van menjar en silenci durant uns minuts.

–Com t'ha anat el dia, Iara? –li va preguntar Sumati al cap d'una estona.

La princesa no va alçar la mirada del plat:

–Hem anat a visitar els Nai-Lais i hem acordat una treva.

–Això és fantàstic! Com ho heu aconseguit? Aquella gent no s'avé a fer pactes amb gaire facilitat.

Iara va fer una mirada a Samah, que seia al seu costat, en silenci.

–Els he desafiat. Més ben dit: he desafiat Vannak, el seu cap.

–Un repte? –va preguntar Sumati.

–Demà farem una competició de tir amb arc que he de guanyar peti qui peti. Però ara m'estimo més que sopem, després ho anunciaré a tota la cort i en sabràs tots els detalls.

–No em vols amargar el sopar, oi? –va preguntar Sumati, molt preocupada.

–Tot anirà bé, oi, Samah? –va afegir Iara.

La Princesa del Desert es va limitar a fer que sí amb el cap, sense gaire convicció. En aquell moment, Iara va començar a agitar-se violentament a la cadira.

–Què t'agafa, ara? –va dir Sumati, preocupada.

–Mm... pica... pica, piicaa, piiicaaa!

La Princesa dels Boscos es va aixecar d'un bot de taula, davant dels ulls atònits de tots els presents. Va arrencar a córrer pel saló dels banquets, amb la boca oberta. Samah i Sumati van mirar el seu plat: amagat entre l'arròs, hi havia la meitat d'un bitxo. Vet aquí per què Iara havia saltat com una molla de taula: devia haver queixalat una part d'aquest fruit tan picant. Segurament Verdelj l'havia utilitzat per donar gust a l'arròs i després s'havia descuidat de treure'l de la cassola. I ara...

La princesa corria amunt i avall, mentre Verdelj, avergonyida pel que havia passat, es va afanyar a anar a buscar un bol de llet a la cuina... un remei eficaç contra l'efecte fulminant del bitxo! Iara la va veure i va córrer cap a ella, però, de sobte, va relliscar amb una fulla que havia caigut de la taula de les guardianes i va anar rodolant cap a Verdelj. La femella de goril·la va provar d'aturar-la, però no va calcular bé les distàncies. Despistada per les tombarelles de Iara, la cuinera es va entrebancar i va deixar anar el bol de llet, que va acabar damunt del cap de la princesa. Al cap d'un moment, Iara estava asseguda a terra amb el bol encastat al cap, com un casc, i tot de regalims de llet li mullaven la cara i els cabells.

Tots els presents a la sala van esclatar en una gran rialla.

Després que Verdelj l'ajudés a aixecar-se i a netejar-se,

i, sobretot, a neutralitzar el sabor del bitxo amb un altre bol de llet, la princesa va tornar a taula, somrient.

–Te'n recordes què deia sempre Helgi, el jardiner d'Arcàndida? –va demanar a la seva germana.

–Que una rialla allarga la vida! –va respondre Samah.

–Em penso que ho va aprendre del pare. Era una frase molt seva.

La resta del sopar va transcórrer amb calma i serenitat. I no es podia negar que el mèrit havia estat del bitxo que s'havia descuidat Verdelj i de la contagiosa comicitat de la Princesa dels Boscos.

26
Un comunicat important

Havent sopat, Iara va invitar la cort a reunir-se al saló del tron, que es va omplir ràpidament. Hi havia les mones guardianes, que aquell vespre, per una treva tàcita en la batalla, podien reposar; també hi havia Arun, Verdelj i Darany, el músic de la cort, que havia començat a entretenir el públic tocant el sitar. Samah contemplava aquell músic, tan prim i elegant, i escoltava el so melodiós d'aquell instrument que produïa unes notes misterioses, melodies de cançons que li evocaven records llunyans, suspesos en el temps i en l'espai.

Va pensar en el seu *nay*, l'antiga flauta que tocava a la terrassa de Rocadocre, en la nit perfumada del desert, sota un cel esquitxat d'estrelles.

Iara es va adonar que la ment de la seva germana era en una altra banda.

–T'agrada aquesta cançó?

–Sí, moltíssim.

–Però pensaves en una altra cosa, oi?

Samah va assentir.

–Pensava en Rocadocre, en la meva flauta. Quan la toco, em sento en harmonia amb tot el que m'envolta.

–Doncs t'aviso que després et donaré una sorpresa molt agradable –li va respondre la seva germana petita.

–Mm, no sé si fiar-me'n, de les teves sorpreses: l'última vegada que me'n vas donar una, vaig dormir amb una sargantana al llit.

–Encara te'n recordes? Però si érem molt petites! –va exclamar Iara.

–Em sembla que em serà impossible oblidar-la!

Quan ja havia arribat tothom, Iara es va posar dreta.

Al saló, s'hi va fer un silenci absolut. Només se sentia el cric-cric dels grills que entrava per la finestra, acompanyat dels xiscles d'algun ocell nocturn.

–Moltes gràcies per venir, estimats amics! –va començar a dir Iara, somrient–. Us he de comunicar una cosa. Sisplau, escolteu-me amb atenció: demà serà un dia decisiu per a nosaltres. Al poblat dels Nai-Lais, hi tindrà lloc una competició de tir amb arc en què participarem Vannak, el meu gran adversari, i jo. El premi de la competició és la pau: si guanyo, els Nai-Lais cessaran les hostilitats.

Aquestes paraules van provocar murmuris de sorpresa.

Només Sumati estava seriosa, provant d'imaginar què passaria en cas de derrota.

–Però això no és tot, i és de justícia que n'estigueu informats. Si perdo, hauré de cedir el regne a Vannak –va explicar Iara.

De sobte, es va fer un silenci total, ningú no gosava dir res. Tothom mirava Iara esperant una frase de consol que no va arribar, perquè la princesa va canviar de tema ràpidament.

–I ara, per cloure aquesta vetllada, us reservo una sorpresa. Seguiu-me! –va dir mentre es dirigia a la sala del costat.

Ningú no sabia què tenia pensat la princesa. I, pel que feia a la competició de l'endemà, tampoc no sabien què pensar.

27

La sala de música

Quan Samah va entrar a la sala de música, va quedar realment encantada. Com els altres espais del palau reial, no era gran, però era plena a vessar d'objectes i d'instruments musicals.

Penjats a les parets, n'hi havia de tota mena i manera: castanyoles de colors, flautes, guitarres, canyes de bambú de diverses llargàries, tambors, carbassetes plenes de llavors... Aquell lloc hauria omplert d'alegria qualsevol músic.

Samah estava extasiada.

–És increïble, Iara! Sembla... una estança de les meravelles!

–Una vegada, un sobirà d'un regne llunyà se'n va fer

una al seu palau. A l'interior, hi guardava tots els objectes insòlits que li regalaven i els que ell havia trobat durant els seus viatges. Jo també en volia una i, amb l'ajuda de Darany, n'he fet una dedicada a la música.

Samah va observar amb atenció els instruments i es va fixar especialment en unes flautes disposades en una taula coberta amb una tela de color turquesa.

–Les ha aplegat Darany. Les pots tocar, si vols.

Samah va fer un somriure i se'n va apartar immediatament. Però Darany, que va arribar en aquell moment, la va animar.

–Endavant, princesa. Toqueu-les. Cadascuna té un timbre especial, diferent del de les altres.

Samah en va agafar una de molt petita, feta amb canya de bambú.

–Una elecció excel·lent –la va felicitar el músic–. És una de les meves preferides. Pertanyia a una reina que la va fer tallar amb unes canyes molt especials, que només floreixen una vegada i després es moren; collir-les quan encara estan en flor, els atribueix unes virtuts prodigioses, com ara un timbre únic.

–Ho dieu de debò?

–Sí, la reina obtenia un so especialment dolç i melodiós, d'aquest instrument. Quan vaig ser a la seva cort, me la va regalar en senyal d'amistat, i jo la vaig portar aquí, a la sala de música.

Samah va mirar els altres instruments, meravellada:

–Sabeu tocar tots els instruments que hi ha en aquesta estança?

–Per això cal temps, princesa. Com per a totes les coses que desitgem de tot cor, la música també demana temps i paciència.

–Darany es passa dies sencers aquí dins. Neteja, toca i afina els instruments –li va explicar Sumati, que va arribar en aquell moment.

Samah encara vacil·lava.

–Per què no ho proveu? –va insistir el músic.

–Au, va, Samah! Què esperes?! –va exclamar Iara.

–D'acord.

Darany li va entregar la petita flauta.

–És vostra –va afegir.

–Però... No puc acceptar un regal tan valuós!

–Ho heu de fer perquè, així que la toqueu, no us en podreu separar mai més.

–I vós, què?

–Faré més viatges i descobriré més instruments nous.

–Us ho agraeixo de tot cor, Darany. Sou molt generós.

–Només us demano un favor: que em permeteu que us acompanyi amb el sitar.

–Serà tot un honor.

Havent dit això, Samah va empunyar la flauta i se la va acostar als llavis. Va omplir els pulmons i va bufar. El primer so que en va sortir va ser tan dolç que els ulls de tots els presents es van humitejar de l'emoció.

La Princesa del Desert va tocar moltes hores, aquell vespre, improvisant a duo amb l'hàbil músic de la cort. Tots dos van entretenir el públic fins a altes hores de la nit, fent que oblidessin qualsevol preocupació.

Els secrets
de Iara

Benvinguts al Regne dels Boscos! Entre les espectaculars branques del Bosc Vivent, hi podràs veure animals de colors llampants...

...com l'original tiní, un ocellet sense cua que, normalment, surt del niu de nit.

Una antiga llegenda diu que veure un tiní és un auguri de bona sort i prosperitat!

Mireu-les: són
papallones
ballarines d'ales
vellutades!

La fusta, l'aigua i la terra són els elements que componen el meu petit regne!

Una vista del poblat dels Nai-Lais

El poblat dels Sepches, una de les cinc tribus del regne, sorgeix de les aigües gràcies a un enginyós sistema de palafits.

Jangalaliana és embarbussamen
No, és el nom de casa meva!

El símbol del Regne dels Boscos és un arbre amb unes arrels tan profundes que arriben al centre de la Terra i unes branques tan altes que fan pessigolles als núvols!

La cort de Jangalaliana està enclavada en les branques d'un arbre altíssim. Les estances que en formen part es comuniquen amb unes passarel·les suspeses al buit. Sort que aquí ningú no pateix de vertigen...

Sí, ja ho sé,
la meva estança
és un caos, però,
què voleu que hi faci?
Si l'endreço, no
trobaré res!

Lalima i jo... fa uns quants anys!

Tinc passió pels accessoris! La meva habitació és plena a vessar de joies, xals i teles que han teixit els artesans del regne!

Si, des de les finestres de la cort, mires bé entre les branques, hi veuràs ocells de colors.

Lalima ha passat per aquí!

Com podeu reconèixer les mones de la guàrdia reial? Molt fàcil: els sentinelles porten un penjoll de fusta en què, any rere any, s'hi afegeix un cercle vermell. Que enginyós, oi?

A Verdelj, la cuinera de la cort, li encanta la cuina amb sabors forts... Ho haureu de provar per creure-ho!

Llista d'ingredients que falten a la cuina:

-Pebre blanc en gra
-Canonets de canyella
-Arròs integral
-Bitxo!

Didjeridú
Termiter
El tub de què és fet aquest instrument, l'han buidat els tèrmits!
Darany és un músic fantàstic!

Harmònica
A l'estança de la música, hi trobareu instruments exòtics...
...un autèntic tresor per a qui estima la música i els viatges!
Maraques

Concentreu-vos i feu una respiració profunda abans de disparar...
Després, apunteu bé i buideu la ment!
Vaig guanyar aquesta màscara en una competició de tir amb arc! Quina satisfacció...

Vannak, el cap dels Nai-Lais, és un arquer excepcional. I també és un noi molt guapo, però que quedi entre nosaltres... És un secret!

El que m'agrada més després de les fletxes i les curses pel bosc, són els camins ràpids. És a dir: unes evolucions acrobàtiques amb què és possible llançar-se «al vol» de liana en liana. Guai!

28
La competició pel regne

Era un matí ventós. No passava gaire sovint que al Regne dels Boscos hi fes vent, i aquesta novetat els posava a tots una mica nerviosos. Les mones s'arrapaven amb força a les branques, Verdelj s'havia refugiat a la cuina i Darany s'havia tancat a la sala de música.

Tothom esperava l'hora de posar-se en camí per assistir a la competició.

Aquell matí, Iara s'havia llevat més d'hora que de costum i ja estava preparada. Samah també estava desperta, però, a diferència de la seva germana, no havia aclucat l'ull en tota la nit.

Mentre recorria els passadissos del palau reial, la Princesa dels Boscos es va trobar amb Sumati: la dona portava els cabells recollits en una cua de cavall i duia una túnica cenyida a la cintura amb una faixa de tela i perles que acabava en una cascada de serrells; al coll, hi duia un collaret molt vistós de boletes de fusta i llavors pintades.

–Bon dia, Sumati –va dir Iara, somrient.

La dona li va tornar el somriure i va mirar Iara amb afecte. La noia duia uns pantalons amples que li arribaven fins als turmells; eren de color verd fosc, com la casaca de màniga curta que portava damunt d'una samarreta fina de cotó.

–És un dia molt especial, Iara. Estàs preparada?

–Sí! –va respondre la noia sense vacil·lar. Però després va semblar que s'ho repensava–: Si més no m'esforço per estar-ho, però...

–Iara, Iara...

–Estàs enrabiada amb mi, Sumati?

–Vas prendre una decisió impulsiva, com el teu caràcter, però també molt valenta. Confio en tu.

–No creus que cometo una equivocació?

–Ets la princesa d'aquest regne, sempre l'has governat seguint el teu instint i aquesta vegada també has pres una decisió del teu estil. Ja veuràs com tot anirà bé.

–Tu creus que estaré a l'altura del repte?

Sumati li va posar les mans damunt de les espatlles per infondre-li confiança. Era entendridor veure com Iara s'esforçava per anar més enllà dels setze anys per ostentar l'empenta i la maduresa d'una autèntica princesa.

–Sí, estaràs més que a l'altura. I ara vés a entrenar-te: recorda't de mantenir la concentració i de creure a ulls clucs en la teva destresa. Ànims! Ja falta poc per a la competició.

Iara va abraçar aquella dona que considerava com una mare. Després, es va precipitar escales avall.

~*~

Samah s'hi va reunir poc després.

Les marques de la nit insomne eren molt evidents a la seva cara, i Iara se'n va adonar de seguida.

–Ostres, Samah! Em sembla que no has dormit gaire.

–Doncs no, la veritat. He passat la nit del lloro.

–Em sap greu.

–No et preocupis, germaneta, no sóc jo qui ha de participar en una competició.

–Quin fàstic de vent! –es va queixar Iara.

–Ja ho pots ben dir, no és un bon auguri per a la competició –va comentar Samah, pensativa.

Novament el vent, aquell vent estrany, tan sobtat. La Princesa del Desert va pensar en el vent sufocant que es va alçar a Rocadocre pocs dies abans que robessin l'estrofa.

Iara va llançar una fletxa de prova que una ràfega va desviar una mica més enllà de la diana.

–Ostres! –va rondinar la princesa.

Samah va parar l'orella i es va quedar en silenci. Iara la va mirar, encuriosida.

–Què fas?

–Escolto el vent.

–De debò?

–Oi tant! Me'n va ensenyar l'Avi. Te'n recordes?

–Recordo que explicava uns contes meravellosos.

–Encara ho fa. Tant de bo que ben aviat en puguis escoltar un. Ell diu que el vent porta missatges, que ho sap tot i només cal saber-lo escoltar.

–I tu te'n surts?

–De vegades.

–I ara? Què et diu el vent?

Samah s'ho va rumiar un instant.

–Diu que si no t'afanyes arribarem tard a la competició! –va dir, donant-li un copet afectuós a l'espatlla.

29
Que guanyi el millor!

Quan tot va estar a punt, les princeses, Lalima i la cort en pes es van encaminar cap al petit poblat dels Nai-Lais, situat al coster de les Muntanyes Moscades.

Iara mirava tot recte, davant seu, com si no veiés altra cosa que la competició i la seva victòria. Estava més tensa que mai. Potser en aquell moment era més conscient de les possibles conseqüències del seu pla, del risc que corria.

–Estigues tranquil·la –li va dir al cap de poc Samah, posant-se al seu costat.

–Estic una mica neguitosa, però me'n sortiré.

–No ho dubto.

En aquell moment va parlar Sumati:

–Ei, mireu! Hi ha un tiní darrere d'aquell tronc!

–I això és greu? –va preguntar Samah.

Iara es va encaminar lentament cap al lloc que assenyalava Sumati.

–Ja el veig –va dir en veu baixa.

Llavors, va fer un senyal a la seva germana perquè hi anés.

Samah s'hi va acostar cautelosament, però la tensió va desaparèixer poc després. Darrere d'un arbust, un ocell estrany, sense cua, furgava la terra.

–Que graciós!

–És un ocell molt rar. Diuen que només es pot veure de nit, i això si tens molta sort. Que l'hàgim trobat ara, en ple dia, és un bon auspici.

Samah es va quedar de pedra:

–No em diguis que et creus aquestes supersticions?!

–En aquest moment, hi crec més que mai! Em sembla que ens fa falta un amulet, no trobes?

El poblat dels Nai-Lais, el formaven unes quantes cabanes escampades entre els arbres, que les protegien i amagaven. Davant d'una de les cabanes, hi cremava un foc amb flames capricioses.

Iara el va contemplar. Durant un moment, li va semblar veure-hi un rostre que li feia una ganyota. Va tancar i obrir els ulls: la imatge havia desaparegut.

«Se me'n va l'olla», va pensar. «He de mantenir la calma i la concentració».

Pocs instants després, un noi va sortir de la cabana i es va presentar a la cort de Jangalaliana reunida davant del poblat. Era Vannak.

Anava amb el tors nu, i portava uns pantalons amples que subjectava amb un cinturó de plata amb tot de penjolls que dringaven a cada pas que feia. Al coll, hi duia uns feixucs collarets de plata i boletes de fusta; al canell esquerre, lluïa un braçalet molt gruixut i es cobria el cap amb una toca de colors en forma de turbant.

–Benvinguts –es va limitar a dir, en un to molt fred. Els ulls li brillaven amb una llum estranya, que comunicava la tensió pel repte, però també el desig d'intimidar la seva adversària.

–Quan vulgueu, podem començar –va replicar Iara, gens esporuguida.

A Vannak li va sorprendre tanta determinació, però es va esforçar per no deixar entreveure cap emoció.

–He fet posar la diana allà a baix. És un lloc arrecerat, però, tot i així, haurem de trampejar el vent.

–Per a mi no és cap problema –va mentir Iara, fent gala d'una seguretat que no sentia ni de bon tros.

Sense dir res més, Vannak li va cedir el pas, i la Princesa dels Boscos es va encaminar molt segura cap a la zona de tir.

30

Helgi

En el moment en què al Regne dels Boscos estava a punt de començar la competició de tir amb arc, Gunnar alliberava els seus amics llops, que algú havia tancat en un recinte al fons del pati.

En va triar dos i després va anar a buscar Kalea, n'hi va confiar un i va muntar a la gropa de l'altre.

Amb una mirada de complicitat, tots dos van sortir al galop del portal clavetejat, i es van endinsar en la planura glaçada que s'estenia fins on els arribava la vista.

Aquell dia, van inspeccionar tots els racons del regne, des d'Arcàndida fins a la caverna del Gran Arbre, però no van trobar ningú. A la caverna, per això, va ser on van tenir la sorpresa més desagradable: el Gran Arbre estava abandonat, i el terreny del voltant de les arrels era tot cobert de fulles seques, flors pansides i fruits macats.

Era realment estrany. Estrany i preocupant. Helgi no l'hauria abandonat mai, l'arbre: era evident que devia haver passat alguna cosa molt greu.

Mentre Gunnar tenia cura de l'arbre, el regava i n'eliminava les parts seques, Kalea es va asseure, desconsolada. Estava tan extenuada per aquella llarga sèrie de males notícies que ja no podia pensar amb claredat. Veure a

les portes de la mort aquell arbre, famós en tots els Cinc Regnes, un arbre que Helgi havia portat del Regne dels Boscos perquè alimentés el poble d'Arcàndida amb tota mena de fruits, li produïa una tristesa immensa.

Gunnar va provar de consolar-la dient-li que l'arbre encara tenia branques sanes i que potser no tot estava perdut; després, li va proposar una nova temptativa: pujar al poble que hi havia a l'altra punta de la planura glaçada i després tornar a baixar al port.

Hi van arribar de nit, però allà tampoc no hi van trobar el jardiner ni cap rastre seu.

Van reprendre el camí de tornada cap a Arcàndida; havien de trobar la manera d'alliberar la cort de la presó de gel abans no fos massa tard.

Quan hi van ser, van encendre un foc per escalfar una mica d'aigua i fer-se una infusió d'herbes.

–Estudiem com està la situació –va dir llavors Gunnar–. Han robat l'estrofa, el Príncep sense Nom ha fugit i Helgi ha desaparegut misteriosament.

–Tu creus que l'ha segrestat el Príncep?

–Potser. Però, què deu voler d'un jardiner?

Gunnar va provar de treure'n l'aigua clara. I si el Príncep sense Nom havia segrestat Helgi per adoptar el seu aspecte i poder actuar sense que el destorbés ningú?

Era una hipòtesi esfereïdora, però plausible, tenint en compte l'estratègia del Príncep sense Nom.

Kalea estava pensativa.

–I si Helgi se n'ha anat al Regne de la Foscor? La meva germana Diamant és l'única que no està al corrent del que passa i aquest regne està comunicat amb el seu. Potser Helgi hi ha anat per avisar-la.

–Potser sí. Però ens n'hem d'assegurar.

–I Nives? I la seva cort? No els podem deixar així!

–No tenim alternativa. No podem fer res per ells. No conec la màgia de l'encanteri.

–Jo tampoc.

A Gunnar li faltava la respiració només de pensar a deixar la seva Nives empresonada en aquell bloc de gel, però sabia que l'única manera d'ajudar-la era aturant el príncep malvat. Feia dies que no dormia ni menjava, però sentia que encara li quedava energia al cos. I era l'amor qui l'alimentava.

–No la puc abandonar, Gunnar. Vés-hi tu, jo em quedo aquí. Quan finalment es desfaci l'encanteri, jo seré al costat de Nives. I abans d'això, vetllaré per ella i per la seva cort –li va dir Kalea, molt decidida.

–N'estàs segura?

–Mai no ho he estat tant.

Gunnar va sospirar.

–Estigues alerta, sobretot. Queda-te'l –li va dir donant-li un punyal llarg i estret–. No dubtis a fer-lo servir si és necessari.

Kalea el va agafar. Detestava les armes, però en aquell moment es va resignar a la idea de posseir-ne una.

–Tant de bo que no em faci falta.

–Els llops de la guàrdia reial et protegiran.

Kalea es va mossegar el llavi per no dir que qui havia robat l'estrofa els havia empresonat al fons del pati convertint-los en uns animalons completament inofensius.

–D'acord –va dir la princesa–. T'acompanyo fins al passatge.

Gunnar va anar fins al pont llevadís. Es va tombar cap a la princesa i després, sense dir ni una paraula, es va llançar al buit i va desaparèixer en les profunditats de l'abisme.

Kalea va alçar la mirada cap a les muralles d'Arcàndida. Estava sola.

31
Mirades desafiadores

—Tres fletxes per cap –va recordar Iara abans de començar la competició que decidiria la sort del Regne dels Boscos.

Estava preparada per al repte.

Vannak va assentir amb aires de superioritat, com si per a ell tres fletxes fossin massa i tot.

A part, Samah observava els dos competidors. Des que havia arribat al Regne dels Boscos, havia provat d'esbrinar sota quin aspecte s'amagava el Príncep sense Nom. L'estrofa encara era al seu lloc, però Samah no podia excloure que aquell malvat ja hagués posat fil a l'agulla. Qui podia ser?

Vannak era el candidat número u. Aquell jove no li

queia bé. Tenia una mirada freda, hostil, i nodria un odi profund i sense fonament per la seva família. Però també podia ser un súbdit de Iara empès per alguna rancúnia antiga.

Hi havia un vell molt sospitós entre la multitud. Tenia una mirada aguda i una expressió evasiva. Seguia la competició des del darrere, repenjat en un bastó.

–Qui és aquell home? –va preguntar Samah a Sumati.

–És un vell molt savi. Li diuen el Savi dels coleòpters de color cobalt. Viu aïllat de tothom, al nord.

–Has dit coleòpters de color cobalt?

–Sí, per què? Coneixes aquests insectes?

–Malauradament, sí. Són corrents en aquesta zona?

–Sí, bastant. Ell els cria i els coneix molt bé.

Samah estava cada vegada més convençuda que les seves sospites estaven ben fonamentades. Un expert en coleòpters de color cobalt, com els que el Príncep sense Nom utilitzava per portar a terme els seus plans! Hi aniria a parlar així que s'acabés la competició.

–Preparats? –va preguntar un jove Nai-Lai.

Iara i Vannak van assentir sense perdre la concentració.

Va començar Iara. Va agafar una fletxa, va deixar el buirac a terra, va empunyar l'arc i el va estirar. La corda es va tensar, les pales es van acostar l'una a l'altra i la fletxa es va situar en posició de tir. No era un tir fàcil i les ràfegues de vent el feien encara més difícil.

Iara va respirar fondo.

Després va disparar la fletxa i va tancar els ulls. Els va reobrir al cap d'un instant i va veure que havia encertat el centre exacte de la diana.

Tota la cort de Jangalaliana proferia crits d'entusiasme.

Iara va somriure, satisfeta. Vannak la va mirar de reüll, mentre ella li cedia el lloc. El noi es va col·locar en posició i va llançar la seva fletxa, que va fendir l'aire, va arribar a la diana amb un xiulet, i es va clavar al mig de la de Iara, que es va partir en dues: un tir increïble. El jove Nai-Lai que havia donat inici a la competició es va afanyar a treure les dues fletxes de la diana. La princesa no es va desanimar i va provar de mantenir la calma; va enfocar la mirada i va tornar a tirar.

Una altra diana.

Va tornar a tocar a Vannak i ell tampoc no va fallar.

Dues fletxes, dues dianes per cap.

Cap dels dos competidors semblava disposat a cedir la victòria a l'altre.

Només faltava la tercera fletxa, la decisiva.

Van tornar a posar a punt la diana. Al voltant dels dos arquers, hi regnava el silenci més absolut. Fins i tot els sorolls de la selva, els cants dels ocells, els xiscles de les mones s'havien interromput de sobte. Fins i tot el vent s'havia aturat, com si volgués remarcar

la solemnitat del moment. Tot el regne estava a l'espera, ansiós per saber qui guanyaria la competició.

Iara estava preparada, el cor li bategava al pit amb la potència de mil timbals. Li costava respirar, tenia els pulmons inflats i tensos, els braços li feien mal de l'esforç, però ella era la Princesa dels Boscos i salvaria el seu regne.

Va tensar la corda per última vegada i va respirar fondo; sabia que no es podia equivocar.

32
Un insecte empipador?

«Concentra't», es repetia Iara. «Només et queda un tir, l'últim, i ja s'haurà acabat tot».

Va deixar anar la fletxa, que va volar rabent cap a la diana.

Però, més o menys a la meitat de la trajectòria, una cosa va desviar el seu recorregut. Un insecte hi va passar molt a prop i, de poc, que no hi acaba clavat. Tenia les ales petites però amb el seu batec n'hi va haver prou per desviar lleugerament la fletxa, sota la mirada atònita dels presents.

Iara estava trastornada; estava convençuda que havia perdut. Però quan ja abandonava tota esperança, un meravellós papagai blau va baixar de la capçada d'un arbre, va planar prop de la fletxa i, amb un lleu batec d'ales, en va corregir la trajectòria. En una fracció de segon, la punta es va ficar, com les altres, al centre exacte de la diana.

A Iara li va faltar poc per desmaiar-se de la tensió; havia estat a punt de perdre tot allò que valorava tant. D'on havia sortit aquell insecte tan estrany? Havia sorgit d'entremig del fullatge amb una oportunitat sorprenent. Afortunadament, poc després, una segona intervenció alada havia salvat la situació i havia conjurat el perill.

Es va dir que recompensaria el papagai (era el seu fidel Ahi) amb uns cucs suculents, llavors i fruita en gran quantitat.

Vannak estava fora de si. S'havia engrescat amb la intervenció del petit insecte, però després, aquell ocellot horrible ho havia espatllat tot. Com havia pogut passar? Era vàlid, el tir?

Es va preparar per llançar la seva fletxa, ple de ràbia. Va enfocar bé la línia de mira i va tirar amb força, més per descarregar la tensió que per apuntar a la diana amb la concentració que calia.

La fletxa va planar xiulant entre les branques, de dret cap a la meta. Però, a mesura que s'hi acostava, es va fer evident que es desviava cap a la part externa de la diana. Es va clavar a l'esquerra de la fletxa de Iara, massa lluny perquè es pogués considerar un punt a favor del cap de la tribu.

El poble de Jangalaliana i les altres tribus presents, els Tamangs, els Raniges, els Sepches i els Knots, van esclatar en un crit d'alegria: el regne continuava en mans de la princesa Iara i, per fi, la pau retornaria. Vannak els n'havia donat paraula.

En la confusió que se'n va seguir, Samah va buscar amb la mirada el vell dels coleòpters de color cobalt, però no el va veure; semblava com si se l'hagués empassat la terra. Aquella sortida d'escena tan intempestiva, quan un sol instant abans un coleòpter de color cobalt havia estat a punt de donar la victòria als Nai-Lais, no li semblava gens casual.

Va provar d'arribar fins a Iara per advertir-la del perill, però li va ser impossible; la Princesa dels Boscos estava envoltada de súbdits que desitjaven celebrar la victòria i felicitar-la.

Una màscara de desil·lusió va cobrir els rostres dels Nai-Lais, que es van apressar a entrar a les seves cabanes amb el cap cot, com uns guerrers derrotats.

Vannak, amb un rampell de fúria, va rebotre arc i fletxes contra el terra. Els va observar amb menyspreu i després va anar cap on era Iara. Lalima se li va posar al costat, a punt d'ensenyar-li els ullals.

Els ulls de Vannak estaven encesos de ràbia. La derrota li coïa com sal en una ferida. No havia pogut conquerir el regne, havia de renunciar a la guerra i havia perdut la dignitat davant de la seva gent. Tot per culpa d'aquella mocosa que tenia al davant. Però també per culpa del vell savi. Podia ser que se n'hagués burlat? Primer, es va negar a donar-li un dels seus preciosos coleòpters i després un d'aquests insectes havia provat de desviar la fletxa de Iara.

Víctima d'una frustració sense comparació possible, va avançar amb passes decidides cap a la Princesa dels Boscos. Però quan va ser al seu davant, per a sorpresa de tothom, es va agenollar.

–Heu guanyat i em comprometo a respectar l'acord. D'ara endavant, s'ha acabat la guerra.

Els crits d'alegria es van elevar fins al cel, van ressonar en tots els racons del poblat i més enllà, a la Llacuna Maragda i al Llac Infinit, entre les arrels dels mangles i més enllà dels confins del regne, entre les onades impetuoses del Mar dels Camins.

Iara va oferir la mà al noi.

–Alceu-vos, Vannak. Sou un home de paraula i us estic agraïda. Vós i la vostra gent sou benvinguts a palau per celebrar la pau que hem aconseguit plegats.

Vannak no li va respondre, es va girar d'esquena i es va allunyar, endinsant-se en el cor de la selva. I la llarga guerra que turmentava el regne es va acabar així, amb un batec d'ales, com si diguéssim.

33

La pau restablerta

A Jangalaliana, els dies posteriors a la competició van ser una gran festa. Tothom se sentia feliç i alleujat ara que no s'havien de preocupar més per la guerra. Els representants de les tribus amigues feien cap a palau per portar regals a la princesa i a la cort.

–Són per a vós –va dir una dona posant a terra una cistella de fruita que havia portat del seu poblat.

–L'he teixit per a vós! –va dir una altra dona oferint-li una corona de flors perfumades.

–És l'únic que posseeixo, però us ho dono de bon grat –va dir un ancià que duia un pesant sac ple de fruita.

Iara se sentia gairebé incòmoda per la generositat de

la seva gent, per l'agraïment i el respecte que li demostrava el seu poble. El saló del tron ja era ple d'ofrenes de tota mena.

–Has vist, Sumati? –va preguntar Iara quan se'n va anar l'últim visitant.

–Tot plegat és commovedor. Ets una princesa molt estimada, Iara, i n'has d'estar orgullosa.

Però una ombra va travessar els ulls de la princesa i Sumati se'n va adonar.

–Et preocupa alguna cosa?

–No paro de pensar en aquell insecte. No em fa el pes; no és normal que un coleòpter pugui desviar la trajectòria d'una fletxa. Semblava com si volgués...

–Fer-te perdre la competició.

–Sí. En parlaré amb Samah.

~*~

Ja feia més de mitja hora que la Princesa del Desert recorria l'estança a gambades regulars. Componia i recomponia la informació que tenia a mà, provant d'entendre la situació. Hi havia alguna cosa que no li quadrava: l'estrofa encara era al seu lloc; no hi havia rastre del Príncep sense Nom; aquell jove, Vannak, estava decidit a apoderar-se del regne i sentia una gran rancúnia contra Iara, i a més... Samah va fer una reflexió ràpida. El Príncep sense Nom utilitzava un coleòpter de color cobalt, un coleòpter de color cobalt havia desviat la fletxa de Iara durant la competició, i un vell savi, expert en coleòpters cobalt, havia assistit a la competició i després havia desaparegut misteriosament.

N'havia de parlar amb Iara. Potser entre totes dues hi podrien trobar una explicació. Justament en aquell moment, la Princesa dels Boscos va trucar a la porta.

–Hola, germana gran! Compte, que si continues anant amunt i avall per la meva estança, hi cavaràs un solc a terra i això no li faria gens de gràcia a Arun.

–T'han tornat les ganes de fer broma, eh?!

–No les havia perdudes –va replicar Iara, amb un somriure–. Tu, en canvi, estàs molt seriosa.

–Sí. Trobo que ha estat molt estrany, tot plegat.

–A què et refereixes?

–No t'ha semblat estrany aquell insecte que ha desviat la teva fletxa?

–Doncs, mira, era justament d'això que et volia parlar.

–Has de saber una cosa. El Príncep sense Nom sempre porta un coleòpter de color cobalt que té el do de doblegar la voluntat dels més dèbils i fer-los actuar segons els seus plans pèrfids. Cada vegada que apareix l'insecte és com si ell també hi fos present.

–Però si l'estrofa és al seu lloc!

–Això no vol dir res. Encara pot intentar robar-la.

Iara va reflexionar en silenci una estona. Després, va dir:

–Hi ha un vell savi que potser ens podria ajudar. La pega és que no té gaire simpatia pels forasters i, a més, no té tirada a parlar.

–El Savi dels coleòpters?

–Ostres! Que el coneixes?

–És el meu principal sospitós. L'he vist al poblat dels Nai-Lais i la seva mirada tenebrosa i penetrant m'ha cridat l'atenció. Per això he preguntat a Sumati qui era. Pensava parlar amb ell quan s'acabés la competició, però, ves per on, s'havia fet fonedís...

–Doncs anem a buscar-lo. Tu creus que pot ser el Príncep sense Nom?

Samah es va quedar uns instants en silenci, i després li va respondre:

–Diuen que alguns coleòpters, els de color cobalt, tenen unes habilitats extraordinàries, és per aquest motiu que el Príncep Malvat se'n serveix per als seus propòsits. Encara que no sigui ell el Príncep sense Nom, segur que ens podrà donar una informació molt valuosa sobre els coleòpters.

–Potser sí. Però abans d'anar-hi, has de saber una cosa: hi ha una llegenda que aquí coneix tothom. Em penso que ha arribat el moment d'explicar-te-la.

34
La llegenda del coleòpter cobalt

Les dues germanes estaven assegudes a terra, amb les cames encreuades. Uns ocells refilaven alegrement fora de la finestra.

–És una història molt antiga. Fa temps, aquest regne era molt diferent de com és avui dia. Llavors, hi havia un clima fred que assegurava l'alternança d'unes estacions ben definides. Un dia, que va quedar gravat en la memòria popular com el més funest de tots, es va abatre sobre aquestes terres un diluvi terrible. No parava de ploure i, dia rere dia, el Bosc Vivent es va inundar fins a transformar-se en un paisatge semblant al del Manglar. Els homes que van sobreviure a la pluja i les inundacions que la van seguir, van demanar consell a l'home més ancià del regne, un savi que es deia que dominava les arts màgiques. El van convocar i l'home els va dir que el bosc estava furiós perquè algú havia provat de profanar-ne els secrets i el bosc s'havia rebel·lat. Tots els homes es van mirar, estupefactes. Qui podia ser? El savi els va dir que l'Esperit del Bosc indicaria qui era el culpable. Incrèduls, els homes es van retirar a les cabanes que havien construït damunt de les branques més altes dels arbres. A trenc d'alba, un jove de la tribu dels Nai-Lais es va trobar davant de l'entrada de casa seva una flor tallada: era una flor molt grossa de color vermell, amb fulles trilobades i uns pètals lluents i gruixuts. L'home, trasbalsat, va provar de desfer-se d'aquell objecte tan estrany, però no se'n va sortir. La flor pesava moltíssim; no hi havia manera de moure-la de lloc i encara menys d'amagar-la. Els altres habitants del poblat van trobar el seu amic davant de la seva cabana, amb el cap entre les mans; el savi el va mirar amb aire sever i el jove Nai-Lai es va veure obligat a confessar. Poc abans que comencés el diluvi, s'havia endinsat en una zona prohibida del Bosc Vivent i havia intentat apoderar-se de la Gemma d'Aglaia. La Gemma d'Aglaia és una flor coneguda per les seves propietats màgiques, com ara el poder de perfeccionar la ment i de llegir el pensament. L'incaut jove va collir la flor per estudiar-la, però, immeditament, la Gemma d'Aglaia se li va esmicolar a les mans. L'endemà, un tro estrepitós va esquinçar el cel i una pluja incessant va començar a flagel·lar la terra sembrant-hi desgràcies i destrucció. El bosc s'havia rebel·lat. Erigint-se en intèrpret de l'Esperit del Bosc, el vell savi va dir que el jove hauria de reparar el mal que havia fet i, ja que havia provat de robar al bosc el més valuós que custodiava, l'home hauria d'abandonar la seva cabana i els seus béns per convertir-se en el guardià dels secrets del bosc. I el més greu de tot és que també hauria de deixar el més valuós per a ell: la seva estimada esposa.

Iara va fer una pausa, va observar l'expressió absorta de Samah, i després va continuar:

–Aquell home estimava la seva esposa més que la seva vida i la sola idea de perdre-la el desesperava, però no tenia elecció. S'havia tacat amb una culpa molt greu i s'havia de sacrificar pel bé de tots. Es va acomiadar de la seva dona plorant i va seguir el savi fins a la seva nova casa: una cabana als costers de les Muntanyes Moscades. Abans que desaparegués de la seva vista, la seva dona li va prometre que l'estimaria per sempre.

–Quin comiat més dolorós!

–Encara no he acabat. Aquell home no es va rendir.

Coneixia els insectes, sobretot els coleòpters de color cobalt.

–Què?! No em diguis que aquell jove Nai-Lai es va convertir en el Savi dels coleòpters!

–Doncs, sí. Tal com et deia... aquell home coneixia tots els secrets dels coleòpters i en va descobrir una característica molt especial: la seva capacitat de posar-se en contacte amb la ment de les persones. Llavors, va començar a ensinistrar-los perquè busquessin la seva

estimada i, mentre dormia, l'anessin a veure i la consolessin.

–Volia que es reunís amb ell?

–No, perquè hauria trencat el pacte i hauria posat en perill a tothom. Era un home de paraula; en tenia prou que el coleòpter parlés amb la seva dona mentre dormia per infondre-li coratge i transmetre-li el seu amor.

–Tu creus que ella va rebre les seves paraules?

–N'estic segura.

–És extraordinari –va comentar Samah, preguntant-se si més tard o més d'hora tindria la sort d'experimentar un sentiment tan especial com aquell.

Un pensament ràpid li va portar a la ment Robí Blau, el misteriós visitant que havia aparegut per uns breus instants en la seva vida. Aquell jove s'havia emportat la làmina de plata, però li havia deixat el record inesborrable dels seus ulls de color de mar.

–Què? Anem a veure el vell savi?

–Sí. Ja estic a punt.

35
Una arribada inesperada

Kalea es va quedar sola a Arcàndida. Vagava per les estances desertes buscant alguna cosa que li infongués coratge. Va recórrer els amplis salons, els dormitoris, la cuina... i va pujar a l'últim pis, on va travessar el llindar d'una porteta minúscula que estava ajustada. Després d'un passadís molt estret i d'una segona porteta, es va trobar a les golfes on Nives guardava els seus secrets, inclosa l'estrofa que ja no hi era. Entre aquelles parets de gel, enmig d'una col·lecció de vells objectes abandonats, Kalea va sentir una profunda malenconia.

Va tornar a baixar al saló on hi havia la cort congelada, va atiar el foc, i es va asseure. Gairebé es va quedar encantada a còpia de seguir amb la mirada el moviment de les flames.

Estava profundament absorta en pensaments tristos i malenconiosos, quan la va sobresaltar un soroll.

Es va aixecar d'un bot i va aferrar el punyal que li havia donat Gunnar. Si el Príncep Malvat havia tornat, li tocaria el crostó ben tocat!

El cor li bategava amb força per la por, però es va armar de valor i va sortir al passadís. De moment, tot estava tranquil. Al cap de pocs segons, va sentir un altre soroll que li va semblar més proper. Venia de sota seu; potser hi havia algú a la planta baixa.

Les parets del passadís resplendien amb una llum blavosa amb matisos rosats: el sol anava cap a la posta. Aviat es faria fosc. Havia de superar la por, baixar al pis de sota, comprovar què passava i després tancar i barrar la porta.

Va recordar que el pont llevadís no s'abaixava en presència de desconeguts, però això no la va tranquil·litzar del tot. El Príncep sense Nom havia entrat i sortit sense problemes, senyal que la seva màgia era tan potent que fins i tot havia enganyat les defenses d'Arcàndida.

Lentament, amb molt de compte, Kalea va començar a baixar els esglaons, procurant no entrebancar-se.

Caminava ran de la paret, sense perdre de vista el portal d'entrada que, efectivament, estava entreobert. A mesura que s'acostava a la meta, sentia que un corrent d'aire glaçat penetrava dins del feixuc mantell que duia.

N'estava segura: ja no estava sola, algú s'havia introduït a palau. Es va retreure la seva ingenuïtat: per què no havia tancat la porta amb pany i clau després que Gunnar es llancés al passatge que duia al Regne de la Foscor?

Al final de l'escala, Kalea es va trobar a l'Atri de Llautó: estava desert.

Es va amagar en un racó que hi havia al començament del llarg passadís que menava als salons de la planta baixa. Es va abocar una mica per donar-hi un cop d'ull. Una esgarrifança li va recórrer l'esquena. En aquell moment precís, d'una porta que hi havia a l'esquerra, en van sortir dues figures encaputxades. Una era més alta que l'altra, i totes dues miraven al seu entorn, amb cautela.

Per no fer soroll, Kalea va deixar de respirar. No sabia què fer. Mentre contenia l'alè, amb el cor a la gola, la figura més baixa va avançar en direcció al seu amagatall.

La Princesa dels Coralls va comptar fins a tres, després va alçar el braç que brandava el punyal, disposada a utilitzar l'arma, quan per sota de la caputxa va entreveure dos ulls foscos.

Sens dubte, coneixia aquells ulls: era Purotu.

36

De camí

Iara cantussejava una melodia que Darany havia tocat amb el seu sitar aquell matí, com sovint feia a l'alba. Aquelles notes que ressonaven al bosc eren tan belles com el refilet dels ocells.

La princesa caminava davant de la seva germana Samah i de la pantera Lalima, en direcció a la cabana del Savi dels coleòpters de color cobalt. Mentrestant, pensava en com n'eren de diferents, totes dues: Samah era responsable i sempre procurava fer les coses de la manera més correcta, però ella era impulsiva, vehement i solia prendre les decisions amb el cor en lloc del cap.

–Què et passa, germaneta? Em fa l'efecte que els engranatges del teu cervell s'han posat en moviment...

–Ostres, tu! No et puc amagar res! Doncs, sí, pensava en tu, en mi, i en les nostres germanes; en com en som, de diferents.

–Com ho saps quin caràcter tenen? Fa molt de temps que no les veus.

–Ja, però la meva memòria ho té tot gravat. Recordo moltes coses de quan érem petites. Tu, per exemple, no has canviat gens!

–Què vols dir amb això?

–T'has enamorat alguna vegada? –li va preguntar Iara, de cop i volta.

Samah es va quedar sense paraules.

–Per què m'ho preguntes?

–Ep, que no es pot respondre una pregunta amb una altra pregunta!

Samah va somriure, divertida.

–És que no n'estic segura. Vaig conèixer un noi que em va fascinar.

–Ah, sí? I què va passar?

–Que se'n va anar. Va desaparèixer amb la làmina de plata.

–Caram! Quina història més complicada... Però, digue'm: et va festejar?

–Jo diria que no, però sempre era molt amable amb

mi. Em va dir que es deia Robí Blau i que era un mercader que buscava objectes exòtics. Deia que venia d'un país molt llunyà. Era ambigu, misteriós i... No ho sé, vaig tenir la sensació que em volia amagar alguna cosa.

–I què va passar, després?

–Un matí, la nostra cosina Daishan va desaparèixer misteriosament. En realitat, havia anat als Pendents Desolats a buscar la làmina.

–Això ja m'ho vas dir.

–Sí. Al començament, em vaig pensar que Robí havia segrestat Daishan. Però després vaig saber la veritat: Daishan es va apoderar de la làmina sota els efectes d'un encanteri hipnòtic. L'havia instigat a fer-ho un coleòpter de color cobalt. Seguint les instruccions d'una veu misteriosa, va entregar l'estrofa a Robí Blau, que possiblement també havia estat víctima del mateix encanteri.

Iara es va quedar de pedra.

–I com pots estar tan segura que Robí Blau no és el Príncep sense Nom?

–No ets la primera que m'ho pregunta. Doncs, mira, n'estic segura: no hi havia maldat als seus ulls. De totes maneres, vaig fer bé de no refiar-me'n. M'hauria enamorat de la persona equivocada, una persona que servia el

Príncep sense Nom, que va col·laborar en els seus plans malvats i sense escrúpols.

–Però tu mateixa has dit que Robí no era dolent...

Samah es va quedar en silenci, per això Iara va insistir:

–Digue'm una cosa, Samah: tu encara hi penses, en aquest mercader tan misteriós?

–De vegades, però m'esforço per allunyar-lo del pensament. Com vols que perdi el temps pensant en aquestes coses ara que els Cinc Regnes corren un perill tan gran?

–Hi estic d'acord. Jo també crec que això de l'amor són ganes de malgastar el temps.

–Iara, Iara... Pensa-t'ho bé, abans de parlar d'aquesta manera. Per mi que encara no has conegut el noi que et farà canviar d'idea.

–Ni l'he conegut ni crec que l'arribi a conèixer.

–No se sap mai...

–Que no, que no! Jo només t'estimo a tu, Samah, a tu i a les nostres germanes.

I, de sobte, li va fer un petó afectuós a la galta.

Amb el cor més lleuger, les dues germanes van seguir el seu camí pel bosc assolellat i perfumat de flors.

37
El Savi dels coleòpters de color cobalt

El vell savi estava assegut en un tamboret de fusta, davant de la seva cabana. Havia caminat molt els últims dies i estava esgotat. Però no havia tingut elecció.

Un petit coleòpter se li va posar damunt de l'espatlla.

–Amic meu, només puc confiar en tu.

L'home va pensar en la seva vida, en els seus plans per retornar les coses a l'ordre just. Era optimista, aviat aconseguiria el seu objectiu.

Havia lluitat tant per arribar a aquell dia i, finalment...

–Bon dia! –el va saludar una veu de dona.

El vell es va desencantar dels seus pensaments i va alçar la mirada: era la princesa Iara i no venia sola.

L'acompanyaven la seva pantera i una noia més gran que li resultava familiar; va recordar que l'havia vist feia uns quants dies, durant la competició de les tres fletxes; uns joves Nai-Lais li havien dit que era Samah, la Princesa del Regne del Desert.

–Salut, princesa –li va respondre provant d'aixecar-se. Es va repenjar al bastó, que no li va servir de gran ajuda, perquè els genolls li van fer figa i es va veure obligat a continuar assegut.

–No us aixequeu, sisplau. Us presento la meva germana Samah.

–Salut, princesa Samah. Us vaig veure a la competició de tir amb arc.

A Samah li hauria agradat respondre-li que ella també s'havia fixat en ell, però es va limitar a fer una inclinació.

–Precisament us volíem parlar de la competició.

El vell va alçar una cella.

–Aquell dia va passar una cosa molt estranya; si més no, segons la meva opinió.

–A què us referiu, princesa?

–Que la meva tercera i última fletxa la va desviar un coleòpter que volava per allà.

El savi es va mostrar sorprès.

–Ai, princesa, els meus ulls són vells i estan cansats.

Em temo que no em vaig fixar en aquest detall –li va respondre amb veu gemegosa.

–Si més no, ens podríeu explicar si és el comportament normal d'un coleòpter? –li va demanar Samah, que volia arribar al quid de la qüestió.

–És difícil judicar-ho sense haver-ho vist. Devia ser una casualitat.

Les dues germanes el van mirar, perplexes. Sabien de sobres que darrere de cada coincidència sovint hi ha una explicació.

El vell es va adonar que no les havia convençut i va provar de dissimular.

–Sigui com sigui, dubto que un insecte tingués cap interès a desviar una fletxa. Per quin motiu ho hauria fet a posta?

–És veritat: un insecte no hi tindria cap interès, però algú l'hi podria haver ordenat –li va etzibar Iara en un to veladament acusatori.

–Insinueu que vaig instruir un coleòpter perquè sabotegés la vostra competició? –va replicar el vell, furiós.

Iara va fer un pas enrere.

–No us volia acusar. Però és que...

El vell va recuperar la calma i va continuar parlant:

–Ja deveu saber que aquesta mena de coleòpter és

molt especial perquè té un vol silenciós i es diu que, si l'ensinistren adequadament, pot portar missatges xiuxiuejant-los a l'orella de les persones que dormen. Però, de debò que no he sentit a parlar mai de coleòpters que desvien fletxes.

L'home mirava fixament les princeses amb els seus ullets tallants.

–Entesos. Em penso que ja ens heu dit tot el que podíeu –va dir Samah, donant-li a entendre que no se'n refiava gens.

Però el vell no va fer cas de la provocació.

–Em sap greu que no sigui gran cosa. Aquests insectes m'estimen i jo els crio amb cura. Però només sóc un pobre vell.

No es podia dir que les princeses n'estiguessin gaire satisfetes, però igualment van donar les gràcies al savi abans de marxar.

38
Un comportament ben estrany

Durant el camí de tornada, Samah i Iara estaven inquietes.

–Aquell home té un no-sé-què que no m'acaba de convèncer.

–Samah, el Savi dels coleòpters fa molts anys que viu aïllat, potser és per això que t'ha semblat estrany. A més, ja t'he dit que és refractari a donar informació als desconeguts.

–No, és alguna cosa més. La seva mirada, el to de veu, la informació que s'ha negat a donar-nos...

–Ets massa desconfiada.

–I tu massa ingènua; no és bo refiar-se sempre de tothom. I jo, d'aquell home, no me'n fio.

–I de Vannak... te'n fies? –va preguntar Iara.

–Què hi té a veure, Vannak? Només l'he vist una vegada. Si em preguntes darrere de qui s'amaga el Príncep sense Nom, doncs no puc descartar que sigui Vannak, però, francament, també podria ser qualsevol altre.

Havent dit això, Samah es va aturar i va començar a tornar sobre els seus passos.

–Què fas? –li va preguntar Iara, sorpresa.

–M'he descuidat de preguntar una cosa al vell.

Iara no va tenir temps de demanar-li cap explicació perquè la seva germana ja era lluny.

Quan Samah va arribar a la cabana, el vell havia desaparegut.

–Que puc passar? –va preguntar la princesa abans de retirar la tela que feia la funció de porta.

Cap resposta.

–Que hi ha algú? –va tornar a preguntar.

Silenci.

Iara contemplava l'escena uns passos més enrere de la seva germana mentre Lalima inspeccionava els voltants de la cabana.

Samah va decidir entrar. L'interior era buit. A terra, hi va veure uns objectes que semblaven abandonats: ampolles obertes, alguns llibres, un gerro esquerdat i una capseta amb la tapa perforada.

–Aquí, no hi és. És molt estrany, Iara.

–Potser li ha passat alguna cosa...

En aquell moment precís les princeses van sentir un rugit. Provenia de la part de darrere de la cabana, el costat que estava orientat cap a les Muntanyes Moscades.

–És Lalima! Anem a veure què passa!

Iara va sortir corrents. Samah la seguia a poca distància, però una sandàlia se li va enredar en una arrel que sobresortia i la va fer caure.

Iara es va tombar.

–T'has fet mal?

–No, tranquil·la: no t'aturis. Corre! Ja t'atraparé.

–Què li volies preguntar?

–Si últimament ha rebut la visita d'algun foraster que busqués informació sobre els coleòpters.

–Ja l'hi preguntaré jo!

Amb quatre gambades, la princesa més jove va arribar fins on era Lalima. La pantera havia acorralat el vell savi, que havia reculat fins a trobar-se amb l'esquena repenjada a una escarpa.

–Calma, Lalima! –li va ordenar Iara.

El gran felí se'n va apartar, però no va donar mostres de calmar-se.

Iara va observar el vell, però no va entendre què feia.

–Esteu bé?

–Més bé que mai, princesa –li va respondre en un to gens esporuguit.

–Perdoneu: Lalima està una mica nerviosa, avui.

–No us preocupeu. De vegades, els animals són molt sensibles, massa i tot.

Havent dit això, va proferir una rialla estrident i satisfeta que va fer venir esgarrifances a Iara.

–He tornat per preguntar-vos si, per una casualitat, s'ha presentat un foraster a casa vostra, últimament.

–Un foraster? No. A banda de la vostra germana, no he vist cap altre foraster.

–N'esteu segur?

A l'home no li va fer cap gràcia que posessin en dubte la seva paraula, però es va limitar a assentir.

–Fins aviat, doncs. Ens n'anem.

La Princesa dels Boscos ja s'havia allunyat, seguida de Lalima, quan el vell li va tornar la salutació.

–Fins aviat...

39
Alarma a Jangalaliana

Quan Iara la va retrobar, Samah ja estava dreta, amb una mà repenjada en un tronc i una cama aixecada del terra. Era evident que li costava estar dempeus.

–Que has pres mal?

–No és res, però no sé si podré caminar fins a palau.

Iara va cridar Lalima, que es va acostar i va oferir la seva gropa, esvelta però musculada, a la Princesa del Desert.

Samah es va enfilar a la gropa del felí amb l'ajuda de Iara i, després, les dues germanes van reprendre juntes el camí de tornada.

–L'has trobat, el vell?

–Sí. M'ha dit que no havia vist cap foraster, últimament –li va respondre Iara.

–T'ha semblat sincer? –li va preguntar Samah.

–Fa de mal dir. És una persona molt ambigua. El que no entenc és per què Lalima estava tan inquieta i no el volia deixar anar. Total, només feia un dibuix a terra amb el bastó.

–Què dius? Que dibuixava un cercle, potser?

–Sí, però...

–És ell!

–Qui?

–El vell savi és el Príncep sense Nom!

–Com en pots estar tan segura? –li va preguntar Iara, que es va quedar amb la boca molt oberta.

–Perquè el que has vist és la seva manera d'anar-se'n. Dibuixa un cercle màgic, hi entra i desapareix.

–No, no pot ser! Això vol dir que...

Samah va fer que sí.

–Vol dir que potser ha robat l'estrofa.

Iara va fer un moviment per tornar enrere, però Samah la va agafar per un braç.

–Atura't! No hi pots fer res, a hores d'ara. Ja se'n deu haver anat. Ara hem de comprovar si de debò ha robat l'estrofa i buscar l'autèntic Savi dels coleòpters.

–Tu creus que l'ha capturat?

–En general, el Príncep sense Nom es limita a immobilitzar i amagar les seves víctimes, però no m'atreveixo a pensar com reaccionaria si es trobés amb algú que estigués en condicions de resistir-s'hi.

–Samah, perdona'm. No em pensava que...

Iara no va poder acabar la frase. Se sentia inútil. No havia fet cas dels dubtes de la seva germana, no havia entès els senyals de Lalima, no havia sabut defensar el seu regne d'aquell home sense pietat...

–No et desanimis. Justament ara és el moment adequat perquè treguis tota la teva empenta!

~*~

Quan van tornar al palau, Iara es va trobar amb una altra sorpresa: l'esperava Vannak.

–Us he vingut a dir que em sap greu. La guerra i l'odi que he covat durant tots aquests anys han estat l'equivocació més gran de la meva vida. Perdoneu-me, no us ho mereixíeu.

–Per què m'ho dieu ara? No trobeu que les vostres excuses arriben una mica tard?

–Després de la competició estava fora de mi i em vaig

barallar amb la mare, que provava d'obrir-me els ulls. No volia escoltar els seus arguments, per això va decidir explicar-me una història que em va trasbalsar. Jo tenia un germà molt més gran, que no compartia les idees del pare. Més ben dit: confiava que algun dia el Rei Savi aconseguís pacificar el Gran Regne. El pare va provar de convence'l, però quan va comprendre que no hi havia res a fer, li va ordenar que se n'anés de casa i no hi tornés mai més; fins i tot li va prohibir veure a la mare i a mi, el seu únic germà. Des de llavors, la mare va caure en un estat de prostració profunda i va fer de tot per impedir que jo seguís les passes del pare. Sabia que l'odi, la venjança

i la rancúnia només porten dolor, soledat i sofriment. Però jo era sord a les seves paraules i no li vaig voler fer cas. Ara l'he comprès, però potser ja és massa tard.

–Em sap molt greu.

–L'únic que puc fer d'ara endavant és provar de ser una persona millor, despullar-me de la rancúnia i ajudar a construir la pau al regne.

Iara va quedar molt impressionada per les paraules del jove, que semblaven sinceres. El seu rostre també semblava resplendir amb una bellesa nova, ara que finalment s'havia alliberat de l'ombra de la venjança.

–Per tant, princesa Iara –va continuar dient–, si puc fer alguna cosa per vós, qualsevol cosa, no dubteu a demanar-m'ho. Estic al vostre servei.

Iara li va fer una mirada encuriosida.

–Doncs sí que em podríeu fer un servei. Ara us ho explico.

40

El missatge secret

Enmig dels salons silenciosos d'Arcàndida, Kalea vivia una de les sorpreses més agradables que havia tingut d'ençà de la seva partença.

–Purotu! Ets tu? Com és possible? –va exclamar estrenyent el jove amb una gran abraçada.

En aquell moment va sentir el mateix desig de protecció que quan van trobar Purotu i el seu germà Naehu –que encara eren unes criatures de bolquers–, a la platja de l'illa de la Lluna. Des de llavors, Kalea n'havia tingut cura i, durant tot el temps que havia passat fora de casa, els havia trobat a faltar moltíssim. Tornar a veure Purotu en aquell moment en què se sentia tan sola i desanimada li infonia un caliu meravellós al cor.

–Quina alegria!

Després d'una abraçada llarga i forta, Kalea es va eixugar els ulls i va mirar el noi.

–Com és que has vingut? Explica-m'ho!

En aquell moment, l'altra figura encaputxada va fer un pas endavant i es va descobrir el rostre. Kalea no va poder contenir un gest d'estupor.

–Haldorr! Tu també has vingut!

Kalea també va abraçar el vell bibliotecari d'Arcàndida amb el cor desbordant d'afecte.

–Princesa Kalea! Esteu bé, quin descans!

–Per què? Que us havien dit el contrari, potser?

–Asseguem-nos, que us ho explicaré amb calma.

–És clar, seguiu-me. He encès una llar de foc del pis de dalt. Hi ha una cosa que hauríeu de veure.

Kalea els va guiar fins al saló del primer pis. Quan Haldorr hi va entrar, li va venir just de patir una aturada cardíaca. Davant seu hi havia tota la cort, la seva adorada princesa i els seus amics més estimats, tots immòbils i empresonats en un bloc de gel.

–Ara ho entenc tot –va murmurar el bibliotecari.

–Sí, tot quadra –va afegir Purotu.

–Sisplau, expliqueu-me el que sapigueu –va demanar Kalea.

Va parlar Purotu, perquè Haldorr, que tenia els ulls fixos en el bloc de gel, no podia dir ni paraula.

–Poc després de la teva partença, ens va arribar un missatge a Flordoblit; ens el va portar una foca que provenia d'aquí, del Regne dels Gels. No hi havia remitent, només hi havia escrita una paraula: AJUDA.

–Qui el devia enviar?

–Potser algú que va poder fugir –va dir Purotu.

Els llavis de Kalea, petrificats per la sorpresa, es van obrir per pronunciar un nom:

–Helgi!

Haldorr es va estremir.

–Caram, és veritat! Helgi, el jardiner, no és aquí.

–No, no hi és. Gunnar i jo l'hem buscat pertot arreu sense èxit. Sembla que s'hagi esvaït en el no-res.

Aquelles paraules van trasbalsar molt el bibliotecari.

–Vosaltres creieu que li ha passat alguna cosa?

–No, princesa, espero de tot cor que no. Seria gravíssim, perquè ell... –es va interrompre de cop.

Kalea li va llançar una mirada interrogativa.

–Esteu bé, Haldorr?

–No gaire, la veritat. I, a més, és evident que xerro massa.

–Hem de fer alguna cosa! –va dir Purotu, tan disposat a entrar en acció com sempre.

–Em penso que hi ha una solució, però necessito anar a la biblioteca. Espereu-me aquí –va concloure Haldorr. Després, sense afegir cap més paraula, es va allunyar.

41

El retrobament

La visita de Vannak havia estat una sorpresa per a Iara. La Princesa dels Boscos estava convençuda que no el tornaria a veure en molt de temps. I, en canvi, el jove era allà, amb ella, al saló del tron. Iara li havia demanat que l'esperés i havia corregut a comprovar que Sumati administrava a Samah les cures necessàries.

Encara tenia el turmell inflat, però la seva germana era forta i no es queixava.

–Samah, me n'he d'anar. Sumati tindrà cura de tu.

–No et preocupis que me'n sortiré. Tu ocupa't de l'estrofa i del Savi dels coleòpters abans no sigui massa tard.

Iara va sortir corrents de l'estança i es va reunir amb Vannak, que l'estava esperant amb una expressió profundament concentrada.

–Ja ens en podem anar –li va dir.

Ell va fer que sí amb el cap i va baixar darrere d'ella per l'escala de cargol.

La princesa va sentir els passos del noi darrere seu i es va meravellar de sentir-se tan tranquil·la, com si el noi que tenia a l'esquena ja no fos un enemic ni tampoc un desconegut.

Però no tenia temps per a reflexions: era urgent trobar el vell savi. Podia ser en qualsevol lloc, per això Iara també es va adreçar a les mones guardianes del regne.

–Escampeu-vos per tot el bosc i escorcolleu tots els racons. Si el trobeu, aviseu tothom –els va dir la princesa.

Després es va adreçar a Vannak.

–Si em voleu ajudar, vós també us haureu de posar a buscar el vell savi.

–Encara no m'heu dit per què creieu que pot estar en perill. Fa poc que el vaig veure i em va semblar que estava bé.

En aquell moment, Iara no li podia dir la veritat.

–Ara feu el que us he demanat, més endavant us ho explicaré tot.

–Com vulgueu. En quina direcció hem d'anar?

Però, abans, Iara havia de complir una altra missió: fer cap al Manglar per comprovar si l'estrofa encara era al seu lloc. I hi havia d'anar sola.

–Separem-nos! Tindrem més possibilitats. Jo vaig cap a l'est, i vós cap a l'oest.

–D'acord. Bona sort.

–Igualment.

La princesa va córrer entre els arbres, després es va enfilar en un tronc, va saltar d'una liana a una altra i una altra, fins a arribar als confins de la selva. Avançava sense pensar, empesa per l'instint. En moments com aquell sentia amb tota la força el vincle que la unia al seu bosc, que, per a ella, era un punt de referència i un refugi.

Va recórrer el camí fins on hi havia la petita embarcació

de fusta contenint la respiració. Va saltar a dins àgilment i va remar amb tanta força com va poder fins al manglar que buscava. Després, es va capbussar en les càlides aigües de la llacuna i en va tornar a sortir poc després, amb l'estoig de pedra on hi havia guardada l'estrofa. Quan el va obrir, el que va veure la va deixar sense paraules: l'estrofa no hi era. Les sospites de Samah estaven fonamentades.

En aquell moment, va sentir el xiscle d'una de les mones guardianes: potser havien trobat el Savi dels coleòpters.

Es va afanyar a tornar enrere, va amarrar la barca i va arrencar a córrer. No sabia el que havia corregut aquell dia, però les cames li començaven a fer mal. Tenia la sensació que totes les seves certeses s'esquerdaven, l'una darrere l'altra, i li costava mantenir units els fragments de la seva antiga felicitat.

–Què passa? L'heu trobat? –va preguntar a la mona que l'esperava al límit de la selva.

L'animal va fer que sí amb el cap i es va esmunyir en l'espessor dels arbres. Iara la va seguir sense vacil·lar.

~*~

Emmordassat, amb les mans i els peus lligats amb unes cordes molt gruixudes fetes amb lianes entreteixides, l'ancià Savi dels coleòpters jeia a terra, en una petita clariana. Estava inconscient.

Vannak era al seu costat.

–L'heu trobat vós?

El jove va assentir.

–La vostra mare estarà orgullosa de vós, Vannak.

Tots dos es van mirar i, possiblement, va ser en aquell moment precís que es van veure per primera vegada.

–Deslligueu-lo i doneu-li aigua, de pressa! –va ordenar Iara a les mones.

Mentre unes mones s'encarregaven de desfer els nusos, en va arribar una altra amb una gran fulla carregada de rosada i en va fer lliscar unes gotes grosses com cigrons a la boca del presoner desmaiat.

«Al Bosc Vivent, no s'hi mor ningú de set», deia un refrany antic.

Per això, també el vell savi, tot i estar extenuat, va recuperar el coneixement uns instants.

–Em sap greu –va poder murmurar el vell abans que les forces el tornessin a abandonar–. No em vaig adonar de com n'era, de malvat.

–No us preocupeu. Ara, heu de reposar –el va tranquillitzar Iara, que després es va dirigir a les mones–: Portem-lo a Jangalaliana, Sumati se n'ocuparà.

Per primera vegada, des que en tenia consciència, la Princesa dels Boscos va sentir una gran ràbia contra algú, contra el Príncep sense Nom, que causava tant de dolor a totes les persones que ella estimava. Va rumiar una venjança, però després va recordar les paraules dels seus pares: «La venjança només porta a una altra venjança. Cal saber perdonar».

A més, el jove que tenia al costat n'era un exemple evident. Que estrany! Començava a estar d'acord amb ell.

42
Una decisió inevitable

Sumati va acollir el vell savi i en va tenir cura amb una atenció especial. Al bosc, havia buscat plantes i herbes medicinals amb què havia fet pegats i olis remeiers. També havia fet cap al territori dels Tamang, que coneixien una flor molt rara, la Flor de l'Enllaquí, que tenia unes propietats curatives extraordinàries. Amb un pessic de pólvores dels seus pètals havia preparat una infusió per subministrar-la al malalt. L'endemà, el savi ja mostrava senyals de començar a recuperar-se.

~*~

Samah també feia grans progressos gràcies a l'ajuda d'una crossa que li havia proporcionat Arun.

Estava asseguda al costat de la finestra, amb la mirada en direcció a les capçades centenàries del Bosc Vivent, i el turmell adolorit repenjat en un coixí. La seva mirada estava perduda en aquella verdor profunda, i els seus pensaments se centraven en els esdeveniments més recents: l'estrofa robada, el Príncep que cada vegada era més perillós, i també en les seves germanes, sobretot Diamant, que encara no sabia res dels perills que amenaçaven els Cinc Regnes.

De tant en tant, absorta, amanyagava el pèl lluent de Lalima, que s'havia quedat a fer-li companyia.

Feia un dia estrany, el cel era gris, però lluminós. Una espessa capa de núvols entomava els rajos del sol i els reflectia damunt de la selva com a través de les obertures d'una cúpula. Entremig dels arbres ressonaven xiscles d'ocells i d'altres animals, que ja començaven a serli familiars.

–Hola, Samah! Com va el turmell? –li va dir Iara, com a salutació.

–Molt millor, gràcies. Sumati diu que d'aquí a un parell de dies ja tornaré a estar en plena forma. I a punt per marxar.

–Per marxar?

–Sí, hem de seguir el rastre del Príncep, recuperar les estrofes i ajudar les nostres germanes.

La Princesa dels Boscos va corrugar les celles. No li havia passat pel cap aquesta possibilitat. Sí, el regne corria perill i calia actuar, però no s'havia imaginat que, per fer-ho, hauria d'abandonar Jangalaliana i el seu adorat bosc.

–A veure si ho endevino: no te'n vols anar, oi?

–Doncs, la veritat és que no m'he allunyat mai d'aquí, de la meva gent, de Sumati, de Lalima. I ara, deixar-ho tot així, de cop i volta...

–I separar-te de Vannak, a més... –va dir Samah amb un mig somriure.

–Què hi té a veure, ell? –li va preguntar Iara, que es va posar vermella de sobte.

Samah va somriure.

–Em sembla que ara us aveniu força, tots dos.

–Sí, hem fet les paus, com si diguéssim.

A Samah, la vergonya i el sobtat enrojolament de Iara li van fer pensar en la seva cosina Daishan: tenia la mateixa expressió i la mateixa tremolor a la veu quan li va confiar que havia conegut un mercader jove que tenia una mirada fascinant.

–No et riguis de mi.

–No me'n ric. Només t'aviso que així que se m'hagi curat el turmell me n'aniré cap a Arcàndida. Evidentment, tu ets lliure de fer el que consideris més oportú.

Samah sabia perfectament que enfocar el tema recorrent al sentit de la responsabilitat de Iara seria un sistema molt eficaç per convence-la.

–Entesos, miraré d'aclarir les meves idees.

Havent dit això, la Princesa dels Boscos va sortir de l'estança precipitadament, en direcció a no se sap on.

43
El joc de les flors de la veritat

S'havia fet de nit a Jangalaliana. Una pedreta va entrar per la finestra de l'habitació on dormien Iara i Samah. Va caure al terra de fusta produint un so metàl·lic, massa dèbil per despertar la primera, que dormia com un soc, i també l'altra noia, que havia agafat el costum de ficar-se trossets de tela a les orelles perquè no la despertessin els crits dels ocells nocturns.

Per això, a la primera pedreta, la van seguir una segona i una tercera, que va caure damunt del coixí de la Princesa dels Boscos, i, finalment, va obtenir el resultat esperat.

Iara es va aixecar d'un bot. Va empunyar la crossa de la seva germana per defensar-se d'un possible perill i va mirar al seu voltant. El bosc bullia de vida sota la llum platejada de la lluna i Iara va fer un passet endavant i es va abocar a la finestra.

~*~

Pocs metres més avall, hi havia algú que collia pedretes de terra.

Era Vannak.

Una mona guardiana el va veure i se li va acostar, amenaçadora.

Amb un somriure, Vannak es va posar un dit als llavis perquè es mantingués en silenci; la guardiana el va reconèixer i va tornar al seu lloc.

El jove estava a punt d'anar-se'n, quan, després de llançar la tercera pedra, va notar un moviment a la finestra.

Al cap d'uns minuts, Iara se li va plantar al davant.

–Es pot saber què pretens? Que vols despertar tota la cort? –li va preguntar fent-se l'enrabiada.

Vannak es va adonar que la princesa amb prou feines podia contenir una rialla i que, potser sense ser-ne conscient, s'havia dirigit a ell amb un simple «tu», com hauria fet amb un vell amic. Llavors va aprofitar l'ocasió per fer el mateix i parlar-li tal com li demanava el cor.

–No, només et buscava.

Iara el va mirar de reüll, com si encara no tingués clar si se'n refiava o no.

–Ostres, estava dormint tan a gust!

–Ja ho sé, però t'he despertat per un bon motiu.

–Endavant: quin és aquest bon motiu?

–Et volia demanar si et venia de gust fer una competició amb mi.

–En plena nit?!

–Conec un indret, no gaire lluny d'aquí, en què les nits de lluna plena s'obren unes flors meravelloses. Els Nai-Lais diuen que aquestes flors tenen el do de saber si dius mentides quan les toques, perquè es tanquen immediatament.

–N'he sentit a parlar, però em pensava que era una llegenda.

–Què? Véns o no véns? –la va encoratjar el noi, divertit.

Iara només s'ho va pensar uns instants abans de decidir-se.

–Fet!

Llavors, Vannak va portar Iara a un indret on ella no havia estat mai. Els arbres eren a tocar els uns dels altres; els troncs estaven coberts de plantes grimpaires i el sotabosc era una selva atapeïda de falgueres i matolls. Tot plegat era tan intricat que costava molt caminar-hi.

–Quin paratge més increïble! –va comentar Iara–. Que estrany que no hi hagi estat mai!

–La meva tribu el va descobrir fa molts anys, però no en va parlar a ningú.

Va fer falta una hora ben bona de caminada perquè tots dos arribessin a la clariana de les flors blanques. Però el cansament de la marxa nocturna es va veure plenament recompensat perquè Iara es va trobar al davant d'un espectacle indescriptible: unes flors blanques enormes en forma d'embut s'elevaven en el bosc tot capturant la llum de la lluna.

La princesa es va acostar a una de les flors, que era una mica més alta que ella, i la va olorar.

–No fa olor –va dir, sorpresa.

–Per no atraure els insectes.

–Són unes flors molt reservades –va bromejar la princesa.

–I molt especials. Fes-me una pregunta, jo te la contestaré i tocaré la flor. Si no es tanca, és que he dit la veritat. El primer que en farà tancar una, haurà perdut.

Iara va trobar que era una proposta molt divertida.

–D'acord. A veure! Mmm... Què et podria preguntar?... Quants anys tens?

–Dinou, acabats de fer.

Tot seguit, Vannak va tocar la flor, que no es va tancar.

–Ara em toca a mi. Què t'agrada més que qualsevol altra cosa?

–Córrer pel bosc –va respondre Iara sense vacil·lar. Després, ella també va tocar la flor i tampoc no es va tancar.

Van continuar el joc durant una estona, sense dir-se cap

mentida. Tots dos es van fer un tip de riure, per les respostes i per la situació. Vannak mirava Iara i la trobava encantadora per la seva expressió alegre i el seu temperament impulsiu. Ella, en canvi, trobava que era un noi madur i sensible, com no n'havia conegut cap altre fins llavors.

–I ara, l'última pregunta –va anunciar el jove.

–D'acord. En què penses en aquest moment? –li va preguntar Iara de cop i volta.

Vannak es va quedar molt tallat, avergonyit per la pregunta. Pensava en una cosa que no considerava oportú revelar. Per això va respondre la primera cosa que li va passar pel cap:

–Que demà aniré a caçar.

–Toca la flor, ja!

Tímidament, Vannak va acostar un dit al pètal vellutat de la flor. Així que el va tocar, es va tancar immediatament.

–Ha, ha, ha! No has dit la veritat.

–Ho reconec. Pensava en això –i, amb un gest ràpid, va agafar el rostre de Iara entre les mans i li va fer un petó.

Ella es va quedar sense paraules i el cor li va començar a bategar amb força.

44

Els cinc llibres

Al saló del tron d'Arcàndida, Kalea i Purotu s'havien quedat sols, però la cort congelada que tenien davant dels ulls els recordava que calia passar a l'acció amb urgència. El jove caminava nerviosament per l'estança, mentre la princesa mirava fixament el bloc de gel.

–Dubto que el puguis fondre amb la força de la mirada, Kalea.

–Ja ho sé, Purotu. Però no ho puc evitar.

Purotu va provar de distreure-la.

–La veritat és que és un lloc increïble: unes parets de gel que retenen l'escalfor, un fossat sense fons, i el paisatge de fora, d'una blancor total: és un indret espectacular.

–Ara, més que un espectacle, és un malson. Necessito pensar en altres coses: explica'm les últimes novetats de Flordoblit.

–Per allà baix, tot va bé, però la teva absència es fa notar. Naehu ha escrit tot un quadern de poesies en espera del teu retorn.

–I Kaliq Zaba? –va preguntar Kalea, gairebé amb por.

Després, va recordar l'arribada d'aquell jove tan guapo, el professor de botànica de l'Acadèmia del Regne del Desert. Kaliq havia naufragat davant de l'Illa del Sol, i era l'únic supervivent d'una expedició d'investigadors que havia salpat del Port dels Savis.

Kalea va recordar els sentiments que havia suscitat la seva presència i els dubtes de si podia ser ell el Príncep sense Nom, dubtes que només es van esvair al final, quan va comprendre que el Príncep sense Nom havia actuat sota l'aspecte del pescador Anoi, que va desaparèixer junt amb l'estrofa i el guaridor de les illes. Estava penedida de no haver cregut de seguida en la innocència de Kaliq i d'haver-lo deixat a Flordoblit sense haver-li pogut declarar els seus sentiments.

Va ser Purotu qui va interrompre aquell seguit de pensaments encadenats.

–Kaliq està bé. S'ha refet completament i ha représ les seves investigacions.

–És a dir, que ha decidit quedar-se a Flordoblit?

–Em penso que sí. I tu encara n'estàs enamorada, oi?

–Sí, però me'n vaig anar amb tantes presses que no sé com acabarà la cosa. Vés a saber quan ens tornarem a veure...

–Segur que ben aviat. M'hi jugo la canya de pescar!

Tots dos van riure de gust i les seves rialles cristal·lines van ressonar per totes les estances d'Arcàndida, on ja feia massa temps que hi planava un silenci feixuc i trist.

~*~

Al cap d'unes hores, Purotu dormia en un dels sofàs del saló, amb una expressió distesa i la ment bressolada pels somnis. Kalea se'l mirava serenament. De cop i volta, va sentir uns passos al corredor.

La figura de Haldorr es va retallar al llindar de la porta, amb un volum que tenia una coberta blanquíssima.

–Què heu trobat, Haldorr?

–Això! –va dir el bibliotecari–. Aquí hi ha la clau de la nostra salvació.

–Què vols dir? Què hi diu, al llibre?

Kalea es delia per saber-ho.

–És el cinquè de cinc llibres, cadascun té la coberta d'un color diferent: blava per al Regne dels Coralls, groga per al Regne del Desert, verda per al Regne dels Boscos, vermella per al Regne de la Foscor. Aquest, el de la coberta blanca, correspon al Regne dels Gels Eterns.

Kalea continuava sense entendre res, però tenia la sensació que Haldorr sabia coses molt importants.

Llavors, el bibliotecari va continuar l'explicació:

–El Rei Savi, el vostre pare, em va entregar aquests llibres fa molt de temps. Els va escriure ell quan va dividir el Gran Regne en els cinc regnes que us va confiar a vosaltres, les princeses, perquè els governéssiu amb saviesa i justícia. El vostre pare era un home molt previsor, coneixia el món i els riscos que l'habiten. Per això va escriure aquests llibres, perquè els consultéssiu en cas de perill.

–No sabia que us hagués donat aquesta informació.

–Tot plegat va néixer aquí, a Arcàndida. La decisió de separar les princeses, l'adjudicació dels regnes, el gravat de les estrofes... Per això també es va prendre la decisió de deixar aquí els cinc llibres, perquè estiguessin tots junts i segurs. Des de llavors que en sóc el guardià.

–Entesos. I podrem ajudar Nives si consultem aquest llibre?

–N'estic gairebé segur. Ja he llegit alguna cosa, sobre aquest tema.

–Però, per la vostra expressió, es deu tractar d'una cosa perillosa...

–Tal com us deia, aquest llibre conté solucions per a perills d'una gravetat extraordinària. Per tant, els remeis també són força dràstics.

–Voleu dir que haurem d'utilitzar la màgia?

–Exactament, princesa Kalea.

–És que no podem: està prohibit. El pare va proscriure la màgia! Com voleu que transgredim aquest jurament?

–Comprenc els vostres raonaments. Però Arcàndida ha estat víctima d'un encanteri molt potent i només la podrem alliberar amb un altre encanteri.

Kalea no es podia creure que allò fos la solució. La màgia sempre li havia fet por perquè en coneixia els efectes nocius.

Sempre l'havia mantingut a distància i l'havia combatut. I ara semblava que era l'única via per desvetllar Nives i la seva cort d'aquell son de gel.

–Confieu en mi, princesa, i escolteu el que us diré.

45

Finalment, la veritat!

Ja no podien esperar més: Samah s'havia recuperat completament i, per tant, calia marxar; cada minut de retard podia representar un minut d'avantatge per al Príncep sense Nom.

Quan Samah va tornar a plantejar el tema a Iara, la germana petita es va posar trista.

–Ja sé que trobaràs molt a faltar els boscos, Sumati i la cort, però som princeses i tenim un deure: defensar els nostres regnes i els seus habitants. Després, ja tornarem a casa i, vés a saber, potser un cop restablerta la pau, les coses també canviaran per a nosaltres i la nostra família es tornarà a reunir. Però, ara no podem pensar-hi perquè hem de dedicar l'energia a salvar la pau.

–Tens raó. Tu sempre ho feies per nosaltres, les teves germanes, quan érem petites. Sempre et vas responsabilitzar de les decisions importants i sempre vas pensar abans en nosaltres que en tu, i això, no ho oblidaré mai, Samah.

–T'estimo molt, germaneta.

–Jo també.

Totes dues germanes es van abraçar, empeses per l'enorme afecte que sentien l'una per l'altra, però també pel desig d'encoratjar-se mútuament, perquè sabien que els faria falta molt de coratge, sobretot a partir d'aquell moment.

–Ara ja m'ho pots dir. Per què se't fa tan difícil marxar?

Iara es va posar vermella.

–És per Vannak, oi? Us he vist junts molt sovint els últims dies.

–Ens hem fet bons amics. Res més.

–Iara, Iara, no dissimulis. Entre vosaltres hi ha alguna cosa. Es nota moltíssim.

–De debò?

–Sóc la teva germana i per força m'havia d'adonar de les miradetes, els somriures, que el cor et batega més fort quan el veus venir i de com vas corrents a rebre'l esforçant-te per fer com aquell qui res.

–No és veritat! –Iara estava irritadíssima.

–És normal que t'abandonis als teus sentiments, Iara, però has de tenir sempre present qui ets.

–Entesos. Perquè acabis d'una vegada el sermó, estic disposada a marxar de seguida!

–D'acord, però abans hem de parlar amb el Savi dels coleòpters.

–Anem-hi, doncs!

~*~

Quan les dues princeses van entrar a l'estança, l'home estava ajagut al llit, envoltat d'una agradable penombra. La cortina de la finestra onejava de tant en tant, moguda per una ventada capriciosa. Hi regnava el silenci més absolut i l'aire estava impregnat d'olor d'herbes remeieres.

–Salut, savi. Com us trobeu, avui? –li va preguntar Iara.

–Salut, princesa Iara, i també a vós, princesa Samah. Les meves condicions milloren constantment gràcies a les cures de Sumati.

Iara va somriure.

–Me n'alegro molt. Hem vingut a anunciar-vos que ens

n'anem. Han tingut lloc uns esdeveniments molt greus que exigeixen la nostra presència en un altre regne.

El vell va corrugar el front.

–Ho comprenc.

–Però, abans de marxar, us demano sisplau que ens expliqueu què us va passar. Podeu reconstruir els fets?

L'ancià va beure un glop d'aigua d'un got que hi havia a la tauleta del costat del llit i després va començar a parlar:

–Aquell home es va presentar a la meva cabana un capvespre. Recordo que consultava un tractat molt antic, quan vaig veure que la cortina es movia. D'entrada,

em vaig alarmar, però quan vaig veure qui era em vaig tranquil·litzar.

Samah va obrir molt els ulls de la sorpresa.

–És a dir, que el coneixíeu...

El vell va assentir.

–Ja m'havia visitat una altra vegada, feia un cert temps. Semblava molt interessat en els meus coleòpters de color cobalt. Em va dir que li podrien ser de gran ajuda.

–Li vau preguntar per quin motiu? –li va demanar Iara, ansiosa.

–Em va dir que un individu havia raptat la seva promesa i la tenia presonera. L'única possibilitat que tenia de comunicar-se amb ella eren els meus coleòpters.

–Increïble! Una història semblant a la vostra! –va exclamar la Princesa dels Boscos.

–És clar. Us volia convèncer perquè li entreguéssiu un coleòpter, fent-vos creure que sofria per una situació anàloga a la vostra –va comentar la princesa Samah.

–Si poguéssim copsar la naturalesa de les persones amb la primera mirada, ens evitaríem molts disgustos. Sigui com sigui, aquell home va ser prou hàbil per convence'm i, a més, els seus ulls traspuaven una força que no us sabria descriure però que podia doblegar qualsevol voluntat. Per això, gairebé sense oposar-hi cap resistència, li vaig confiar el meu millor exemplar, que guardava en una capseta amb la tapa foradada. Li vaig fer unes quantes recomanacions i li vaig demanar que em vingués a veure per explicar-me com anava la seva trista història.

–Ho va fer?

–No, princesa Iara. No el vaig tornar a veure fins fa poc, quan em va fer empassar un beuratge fumejant mentre murmurava unes paraules que llavors no vaig comprendre. Però ara estic convençut que es tractava d'un sortilegi.

La princesa Samah va moure el cap imperceptiblement i va mirar el savi amb una expressió profundament concentrada. L'home li va retornar la mirada i va continuar el seu relat.

–I, a partir d'aquell moment, ja no recordo res. L'únic que sé és que em vaig despertar al bosc, lligat i emmordassat. Sentia una cremor tremenda a la gola i tenia les cames gairebé paralitzades.

L'home va fer una pausa, com si aquell record li hagués provocat un gran dolor.

–Abans de perdre la consciència, em va dir que el meu coleòpter ja estava totalment en el seu poder, que jo era un pobre vell inútil i que ja no em necessitava per a res.

–Quina crueltat! –va exclamar Iara.

–L'important és que ara ja esteu bé. Pel que fa a la resta, ja ens n'ocuparem nosaltres. Gràcies per l'explicació que ens heu donat. És una informació molt valuosa per a nosaltres –li va dir Samah, per consolar-lo.

–Gràcies a vós, princesa Samah. I, sobretot, aneu amb molt de compte. Aquell home és poderós i malvat.

Samah va assentir amb expressió seriosa.

Al cap d'un moment, les princeses van sortir de l'estança del savi. Havia arribat el moment d'acomiadar-se de Jangalaliana.

46
Adéu, Jangalaliana!

La princesa Iara va reunir tots els habitants de la cort al saló del tron. No hi va convocar cap representant de les altres tribus perquè Iara no volia que s'escampés el pànic per tot el regne. Confiava tornar en un temps molt breu, sense haver de trasbalsar tots els seus súbdits. Pel que fa a Vannak, havia decidit parlar-hi més tard, quan estiguessin sols. Sabia que no seria un comiat fàcil.

Iara es va asseure, tal com feia sempre, enmig del seu poble, d'esquena al tron.

–Estimats amics, us he fet venir per donar-vos una notícia que, d'entrada, potser no us semblarà gaire bona. La meva germana i jo estem a punt d'emprendre un viatge. No sé quant de temps seré lluny de vosaltres, però us dono la meva paraula que tornaré. Fins llavors, el regne estarà a les vostres mans; us prego que tingueu cura de tot durant la meva absència –va dir la princesa, obrint els braços.

Un guirigall de protestes i murmuris va sorgir de l'assemblea reunida. Ningú no havia acollit bé la notícia. Tots estaven molt units a la princesa Iara.

–Us agraeixo de tot cor que m'hàgiu fet costat sempre i us prometo que tot anirà bé.

Sumati va vessar unes llàgrimes, commoguda per la personalitat forta i madura de la seva petita Iara.

La princesa s'hi va acostar.

–No ploris, Sumati. Hauré tornat abans que parpellegis tres vegades.

Aquella frase que li era tan familiar va fer somriure Samah. Ella també l'havia dit a Kalea abans de separar-se'n, pocs dies abans.

Sumati i Iara es van abraçar. Després, la princesa es va acomiadar de tots, d'un en un, i se'n va anar abans que l'emoció fes flaquejar el seu temperament altiu.

Quan la Princesa dels Boscos va arribar al poblat dels Nai-Lais, li van dispensar una acollida molt diferent de la primera vegada, pocs dies abans. Tothom la va saludar amb respecte i es van oferir a ajudar-la. Semblava que el tarannà bel·licós d'aquella tribu tan guerrera s'havia apaivagat finalment.

–Busco Vannak –va dir.

–Us acompanyo fins on és, princesa –li va dir una dona baixeta i alegre.

Una mica més enllà, la princesa es va trobar davant de la cabana on vivia el cap de la tribu. Dreta al llindar de la porta, el va cridar:

–Vannak!

El jove va sortir de la cabana i, així que la va veure, els ulls se li van il·luminar.

Iara no li va voler revelar immediatament el motiu de la seva visita.

–Com està la teva mare?

–Molt millor. I em sembla que, en part, t'ho dec a tu, Iara. Des que et vaig conèixer, tinc la sensació d'haver començat una vida nova!

–Me n'alegro –va dir ella, amb un somriure dolç. Pensava en com li donaria la notícia de la seva partença i com reaccionaria ell.

–Però no has vingut només per saber com es troba, oi?

–Vine. T'he de parlar d'una cosa.

Iara es va allunyar de la cabana i es va endinsar al

bosc. Sentia els passos del noi darrere seu. Tenia el cor tan feixuc com les paraules que provava d'aplegar però que se li rebel·laven i s'amagaven entre els seus pensaments.

De cop i volta, Iara es va aturar i es va tombar cap al jove.

–Me n'he d'anar, Vannak.

–Quan?

–D'aquí a poc, amb Samah.

–On anireu?

–A Arcàndida, al Regne dels Gels Eterns.

–Per què?

–Ara no t'ho puc dir. T'hauria d'explicar massa coses i no tinc temps. He vingut per acomiadar-me de tu i demanar-te un favor.

–Quin?

–Que tinguis cura del poble dels boscos durant la meva absència. Ho faràs?

–T'ho prometo. Però...

Delicadament, Iara li va posar l'índex damunt dels llavis.

–No em facis més preguntes. Confia en mi. Tornaré aviat. No t'oblidis de mi.

–No podria.

Vannak la va agafar entre els seus braços i la va estrènyer contra el seu pit. Ella va tancar els ulls, confortada per aquella abraçada forta i generosa. Després, Vannak li va acariciar una galta. Iara no va poder contenir una llàgrima, que va mullar la mà del noi. Es van quedar abraçats uns instants llarguíssims; després, la princesa va abaixar la mirada i, fent el cor fort, se'n va allunyar. Vannak la va seguir amb la mirada fins que la va engolir el bosc. Era conscient que no estimava una noia qualsevol: era una princesa, per això, la llàgrima que li havia lliscat entre els dits li havia semblat la cosa més preciosa que havia posseït mai.

47
Una arribada borrascosa

Iara i Samah s'allunyaven de Jangalaliana amb passos lents i decidits.

–Que difícil que em resulta! –va exclamar la Princesa dels Boscos.

Va contemplar el palau reial per última vegada, amb una mirada en què es mesclaven la malenconia i l'afecte.

De cop i volta, mentre caminaven en direcció al Llac Infinit, van sentir uns passos darrere seu. Es van quedar de pedra quan es van trobar amb Darany, que duia un petit instrument de corda.

–Us demano excuses, princeses, no us volia espantar.

–Darany! Quina sorpresa! Què hi fas, aquí? –li va preguntar Iara.

–He pensat que podria donar un toc d'alegria a la vostra partença amb una melodia que he compost.

Aquell detall va commoure profundament les princeses.

–T'ho agraeixo de tot cor, Darany. Ens acompanyaràs fins al Llac Infinit i després tornaràs enrere.

–Com vós maneu, princesa.

Les dues germanes van reprendre la marxa seguides de Darany, que tocava una cançó alegre, festiva i amb molt de ritme. Iara va visualitzar mentalment totes les vetllades que havien transcorregut a Jangalaliana al ritme d'aquesta música. Aquells bons temps tornarien aviat. Era una promesa que es feia a si mateixa.

Les notes de Darany també alegraven Samah. La seva Rocadocre era distant, però la música tenia el do d'anullar les distàncies i transportar molt lluny. Per un instant, la Princesa del Desert es va retrobar a la seva estimada terrassa respirant el vent del desert sota un cel estrellat.

Quan van tenir a la vista el Llac Infinit, Darany va acabar la seva execució i va fer una gran inclinació.

–Que tingueu sort, princeses!

–Gràcies, Darany. Fins aviat!

–Princesa Samah, no us oblideu de portar sempre això. D'aquesta manera, no us oblidareu de Jangalaliana!

Havent dit allò, el músic va treure de la bossa que portava en bandolera un estoig de fusta. A l'interior, hi havia la petita flauta que Samah havia tocat a la sala de música.

–Gràcies, Darany. Si no hagués estat per vós, me l'hauria deixat a Jangalaliana. Però, d'ara endavant, no me'n separaré mai, us ho prometo. I el seu so em farà pensar sempre en vós!

Llavors, Darany se'n va acomiadar i les dues princeses van arribar al llac. Es van capbussar en aquella aigua dolça i tèbia, van trobar el passatge sense cap dificultat i es van endinsar al túnel que les portaria fins a Arcàndida.

~*~

«D'ara endavant, serà una passejada», va pensar Samah, recordant els esforços que li havia costat arribar a Jangalaliana. Tot i que recordava alguns detalls del mapa del Regne dels Boscos, l'ajuda de Verdelj havia estat providencial.

Tal com van fer Gunnar i Kalea abans que elles, Iara i Samah van caminar de quatre grapes quan l'aigua va desaparèixer del passatge i van fer cap a la llum que veien al fons de la galeria.

Quan van sortir a l'aire lliure, les va assotar un vent glaçat que arrossegava uns grossos flocs de neu, formant una cortina espessa que no permetia veure altra cosa que una blancor absoluta i encegadora.

Van encongir les espatlles, tremolant perquè duien uns vestits massa lleugers i encara molls de l'aigua del Llac Infinit.

–Samah, tens idea d'on para el palau?

–No, em sap greu. Però hem de caminar perquè, si no, ens congelarem.

–D'acord –va respondre Iara, que es protegia la cara com podia.

Es trobaven enmig d'una tempesta de neu amb totes les de la llei. A l'horitzó, no s'hi veia cap recer, cap roca, cap lloc on es poguessin refugiar una estona. Només neu, neu i més neu.

De sobte, Samah va veure una silueta en la blancor. Va entretancar els ulls per veure-s'hi més bé, però era molt difícil, amb aquella borrasca. Quan va comprendre de què es tractava, va desitjar de tot cor que allò fos una mena de miratge del fred: era un llop, un exemplar enorme i majestuós.

Samah va agafar Iara de la mà i va decidir tirar endavant, tal com feia al desert, ignorant la falsa visió que tenia al davant. Però, a mesura que s'hi acostaven, la imatge del llop semblava cada vegada més real. Què podia fer? El llop estava immòbil i, quan les dues princeses van estar prop seu, les va mirar amb uns ulls altius i intel·ligents. Llavors, per a sorpresa de totes dues, es va ajupir davant d'elles.

–I ara què fem, Samah?

–Puja a la seva gropa, corre!

Iara la va obeir i Samah també el va muntar. Les dues germanes eren primetes, i la gropa del llop era ampla i

sòlida. L'animal va fer un salt i va sortir al trot, amb les seves llargues potes que s'enfonsaven àgilment en la neu.

Al cap de pocs minuts van arribar a un fossat. Samah i Iara van aixecar el cap. Davant seu, embolcallats per la tempesta, s'elevaven els pinacles i les torres d'Arcàndida.

El llop es va acostar al Fossat Enfervorit i, de l'altre costat, va baixar el pont que els permetria accedir a palau. Així que van travessar el llindar del portal clavetejat que tancava el recinte emmurallat, les princeses van baixar de la gropa del llop i van mirar al seu entorn. Quant de temps havia passat? Segurament massa, per a totes dues. Van recórrer amb la mirada la silueta del pati, el perfil dels pinacles, de la torre de la biblioteca, i tot plegat els va tornar a la ment, com els records que fa massa temps que estan tancats als calaixos de la memòria.

–Val més que hi entrem –va suggerir Samah.

Iara va assentir.

–Gràcies, ens has salvat la vida –va dir al llop la Princesa dels Boscos. L'animal va acotar el cap i després es va allunyar.

Samah i Iara van avançar en direcció al portal. Estava tancat. Llavors, Samah es va recordar que la seva mare sempre guardava una clau sota una pedra prop de l'entrada. No tenia clar si després de tant de temps i de tot el que havia arribat a passar, encara seria allà, però no costava res comprovar-ho. A més, aquell amagatall només el coneixien les persones de la família. Només calia trobar-lo enmig d'aquell tou de neu... Samah va provar de recordar el punt exacte i es va posar a cavar.

–Però què fas? –li va preguntar Iara, atònita.

–Espera un moment, ja ho veuràs.

Samah només va necessitar uns segons per trobar la pedra i la clau que hi havia amagada a sota. La va extreure amb la satisfacció d'un arqueòleg que acaba de fer una troballa important. La clau, que era grossa i pesant, tenia un cap format per dos cristalls de gel posats de costat.

–Ets un geni! –va cridar Iara, amb alegria–. Tant de bo que no hagin canviat el pany de la porta, últimament...

Samah, després de fulminar amb la mirada la seva germana, va ficar la clau dins del forat del pany i la va girar. La porta es va obrir i en un tres i no res es van trobar dins del majestuós Atri de Llautó d'Arcàndida.

48

Reunió de família

L'atri era gran i silenciós. El brogit de la tempesta havia quedat tancat fora del portal. Només les parets de gel deixaven filtrar la llum exterior, afegint-hi un gèlid matís blavós.

Totes dues princeses observaven el seu voltant, admirades. Era molt diferent dels entorns a què estaven habituades; tot i així, tenia un no-sé-què de familiar que les feia sentir com a casa.

Van fer uns passos en direcció a l'escala. Samah es va recordar d'una anècdota que va tenir lloc molts anys abans, quan una meravellosa catifa de color blau cel cobria els esglaons. Ella devia tenir poc més de quatre anys, però ja s'estimava les estrelles i les històries que s'hi relacionaven. Tafanejant per casa, va trobar un paper daurat, el va agafar i, amb una paciència infinita, va retallar centenars d'estrelles, petites i grans. Aquella nit, quan no la veia ningú, les va enganxar a la catifa i va crear la seva pròpia constel·lació. En aquell moment, va fer un somriure recordant que ningú no havia tingut valor per renyar-la perquè, tal com li va dir la seva mare, allò que havia creat tenia tota la poesia del cel.

Iara era massa petita quan la van portar a Jangalaliana, per això no conservava uns records tan vívids d'Arcàndida. Tot i així, mentre travessava les sales del palau de gel, va tenir la sensació que ja hi havia viscut. «Potser», va pensar, «quan existeix un vincle tan fort com el que m'uneix a les meves germanes, és possible compartir emocions i sentiments més enllà de la distància».

Al passadís no hi van observar cap senyal de vida, per això van decidir pujar al primer pis. Allà, es van fixar que, des d'una estança, es filtrava una llum que tenyia les parets de gel amb una càlida tonalitat d'ambre.

–Sembla un foc –va comentar en veu baixa Samah. Iara va fer que sí amb el cap.– Potser hi ha algú...

Les dues germanes van treure el nas per la porta ajustada. Van apartar la mirada, convençudes que no ho havien vist bé; es van fregar els ulls, incrèdules, i després es van tornar a abocar a la sala. Llavors ja no van tenir més dubtes.

–Kalea! –va exclamar Samah.

La Princesa dels Coralls es va tombar de cop, en sentir la veu que tant s'estimava. Així que va veure les seves germanes, va arrencar a córrer cap a elles, empesa per una alegria incontenible.

–Samah! Iara! Sou vosaltres? Que bé! Que contenta que estic de poder abraçar-vos!

Kalea no parava de repetirho, ni de plorar. Semblava un riu desbordat.

–I Gunnar? –li va preguntar Samah.

–Ha anat al Regne de la Foscor, per avisar Diamant i provar d'aturar el Príncep sense Nom.

–Hi ha anat sol?

Kalea va assentir.

–Jo m'he quedat aquí fent guàrdia.

Totes tres van pensar en ell, desitjant que no li hagués passat res de dolent. Però després de l'emoció d'haver retrobat la seva adorada germana, l'atenció de Iara i Samah es va desviar inevitablement cap a la cort congelada que hi havia a l'esquena de Kalea. Al costat d'aquell enorme bloc de gel hi havia dues persones, un jove i un home més madur.

–Benvingudes, princeses –es va afanyar a saludar-les el bibliotecari–. No sé si us recordeu de mi...

–Haldorr –va dir Samah–. Oi tant que us recordo! Què hi ha passat, aquí? És horrorós! –va afegir, acostant-se al bloc de gel.

Iara també el va voler veure de més a prop. Dins del bloc dur i transparent, hi va veure rostres d'homes, dones, dues nenes, pingüins i el de...

–Però si és Nives... Ai, no! Ha estat el Príncep sense Nom, oi? L'hem de trobar! I fer-li pagar tot el mal que ha fet! –va cridar Iara.

–No, Iara. L'hem d'aturar, això sí. Però la venjança, més tard o més d'hora, es gira contra qui l'ha portat a terme.

–Ai, Kalea: no has canviat gens! Però ara toca combatre, no escriure poesies.

–Iara, potser Kalea té raó –va dir Samah–. Frena el teu temperament impulsiu, que no servirà de res.

–Jo estic d'acord amb ella!

–Purotu! –el va renyar Kalea.

–Qui ets tu? –va preguntar Iara.

–Em dic Purotu, sóc el germà de Kalea –va informar a la Princesa dels Boscos, fent-li l'ullet en senyal de complicitat.

Iara va fer uns ulls com unes taronges.

–Germà? Des de quan tenim un germà?

Kalea li va respondre.

–En realitat, en tenim dos. Però és una història molt llarga i ara hem d'afrontar coses molt més urgents.

–És clar! Hem de capturar el príncep dolent i ficar-lo al lloc que li pertoca: a ell i a la seva trista set de venjança! –va dir Samah.

–Això!

Haldorr no va participar en la conversa. L'havia interromput l'arribada de Iara i Samah, i ara esperava el moment oportú per explicar què calia fer per salvar la cort congelada d'Arcàndida.

49

L'única solució

Fins i tot l'aire de la sala del primer pis d'Arcàndida semblava més càlid, i no era solament mèrit del foc. Entre aquelles parets havien tornat a ressonar rialles i veus, com en els bons temps del passat. Les flames espetegaven en la gran llar de foc i projectaven la seva llum sobre les cares de tots els presents.

–Què és aquest llibre tan blanc? –va preguntar Iara, tan curiosa com sempre.

En aquell moment, Haldorr va prendre la paraula i va fer una breu explicació sobre els cinc llibres a les princeses que acabaven d'arribar.

–És una història increïble! Que la sabíeu, vosaltres?

–No, Iara. El pare només va confiar aquest secret a Haldorr –va dir Kalea.

El bibliotecari va aprofitar l'ocasió per manifestar una cosa que era molt important per a ell.

–Tal com li deia a la vostra germana fa una estona, entre aquestes pàgines hi ha la solució del nostre problema. Però us haureu de posar totes d'acord a l'hora de prendre una decisió, perquè el remei que us proposo comporta riscos greus.

–Entesos, Haldorr. Parleu, sisplau –el va animar Samah.

Tots es van posar a escoltar-lo amb molta atenció.

–He de partir d'una premissa. Mireu, encara que no ho sembli, no tot el gel és igual. N'hi ha d'una mena que, com els éssers animats, té un temps de vida: creix, s'espesseeix i es fon. Aquest és el gel normal. Però n'hi ha unes altres menes, creades amb la màgia. En aquests casos, per fondre el gel cal un sistema diferent, perquè es tracta de gel perenne.

En sentir aquelles paraules, tots es van quedar perplexos. Iara li va plantejar la primera pregunta:

–Perenne? Què significa, això?

–Significa que si el gel no es fon a temps, es torna tan dur i espès que dura tota l'eternitat.

–És terrible! I vós creieu que la cort està empresonada en un bloc de gel d'aquesta mena?

–Malauradament sí, princesa Iara. Veieu aquelles vetes blaves que s'han format en alguns punts? Això indica que el gel s'està tornant perenne. Quan el bloc sigui completament blau, ja no podrem fer res per salvar les persones que hi ha empresonades a l'interior.

–Voleu dir que el temps que tenim a la nostra disposició disminueix a cada minut que passa?

–Justa la fusta, jovenet.

–Què podem fer per trencar aquest encanteri? –va preguntar Samah.

–Hem de baixar al Regne de la Foscor. La solució és allà.

–Us podeu explicar més bé? –va dir Kalea.

–Al Regne de la Foscor, hi ha guardada l'escalfor més potent de la terra, capaç de neutralitzar l'encanteri del gel perenne.

–Continueu, Haldorr.

–Segons el llibre, l'única manera de fondre el gel que empresona la princesa Nives i els altres abans no sigui massa tard és alliberar l'enorme quantitat d'escalfor que guarda el centre de la terra.

Iara va passar a les preguntes pràctiques.

–I això on para, exactament?

–Aquesta és la part difícil. L'escalfor està tancada en una cel·la que es troba en un sector abandonat del regne. Teniu present com està estructurat el Regne de la Foscor?

Haldorr els ho va explicar, ja que era evident que els altres no en tenien ni idea.

–Allà a baix, hi ha molts quilòmetres de galeries excavades a la terra, un autèntic laberint. Caldrà trobar la galeria número zero, la primera que es va fer i que actualment no utilitza ningú perquè és on hi ha la porta d'accés a una cel·la anomenada Cova del Foc Fatal.

–Ostres, tu! –va exclamar Iara, que ja s'imaginava una aventura fantàstica.

–Sí, però entrar-hi no és tan fàcil com això. Per protegir un poder tan gran, el vostre pare va idear un sistema molt complex, que consisteix a superar tres proves.

–Però, per a nosaltres, que som princeses, no serà gaire difícil, oi? –va preguntar Iara.

–Si la resposta és correcta, a terra s'obre una trapa que dóna accés a un nivell inferior. Allà, et trobes davant de sis portes, però només n'hi ha una que et porta al bon camí.

–I les altres on porten? –va demanar Kalea.

–Potser val més que no ho sapigueu. Sigui com sigui, imaginem-nos que trieu la porta bona; llavors, cal recórrer un passadís molt llarg, al final del qual hi ha l'entrada a la cova.

–Però ens heu parlat de tres proves –va objectar Purotu–. En falta una.

–Sí. El guardià de la porta és Mildents, un milpeus enorme i famolenc que amb la seva bocota devora tot el que se li posa al davant.

–I com el podem derrotar? –va preguntar Iara.

–No és possible. Però el podeu afalagar. Al golafre de Mildents l'entusiasma un tubercle que només creix al Regne de la Foscor. Qui li porti aquest tubercle podrà accedir fàcilment a la cova. Però qui se li presenti amb les mans buides... Ja us podeu imaginar què li passarà...

–Ens heu donat una informació molt valuosa. Ara només cal prendre una decisió: qui anirà al Regne de la Foscor? –va demanar Samah.

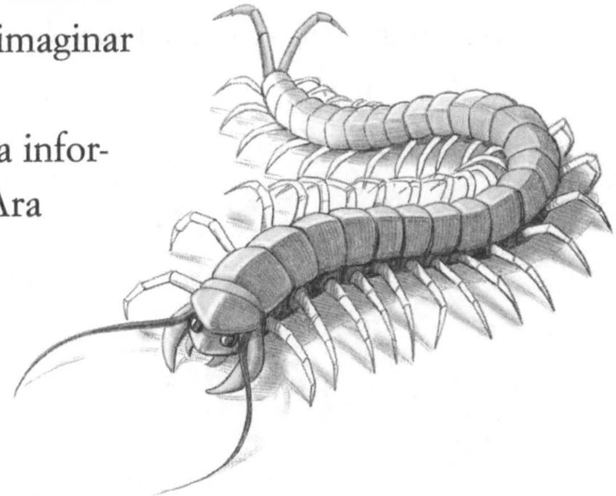

–Hi aniré jo! –va exclamar immediatament Iara.

–T'hi acompanyo! –es va afegir Purotu.

–Un moment, no us precipiteu: al Regne de la Foscor ja hi ha anat Gunnar.

–I potser també Helgi –va dir el bibliotecari.

–Com s'entén, això? Que no és aquí, Helgi?

–No, Samah. Ha desaparegut –va respondre Kalea.

–Embolica que fa fort! –va comentar Iara.

Samah va tornar a intervenir:

–Jo crec que només n'hi ha d'anar una de nosaltres. Ens caldrà molta ajuda quan el gel es comenci a fondre.

Totes tres germanes es van intercanviar mirades interrogatives.

–Ho farem a sorts –va proposar Iara, a qui agradava jugar amb el destí, tal com ja havia demostrat de sobres.

–D'acord. Em sembla una bona idea –va dir Kalea.

–A mi també –va concloure Samah.

50

Un altre comiat

Va ser Iara qui va pujar a la cuina, seguint les indicacions de Kalea, i va triar tres beines de vainilla que Erla i Arla, les dues cuineres de la cort, guardaven en una gerra transparent, al costat de moltes altres coses que hi havia en un prestatge. Aneu a saber la quantitat de requisits que havien preparat entre aquelles parets! Li hauria agradat molt donar-hi un cop d'ull, però no podia perdre temps. Va baixar les escales a tota velocitat i va tornar amb el grup. Llavors, va entregar les beines de vainilla a Haldorr perquè les preparés i es va concentrar per triar la bona.

–Et mors de ganes d'anar-hi, oi? –li va preguntar Purotu.

Als ulls del noi, Iara hi va descobrir la mateixa set d'aventura i acció que bullia dins d'ella.

–Sí, perquè aquí em sentiria inútil. Aquell home, el Príncep sense Nom, tastarà la punta de les meves fletxes! –va afegir, mentre estrenyia la corretja del buirac que portava en bandolera.

Purotu va somriure. Havia descobert que tenia una germana adoptiva que s'assemblava molt a ell. Plegats viurien tot d'aventures extraordinàries, n'estava segur.

–Esteu preparades, princeses? –els va demanar Haldorr, que subjectava les beines amb la mà dreta.

Les tres germanes li van clavar la mirada com si volguessin endevinar on havia posat la més curta.

Llavors, Haldorr va acostar la mà a Samah, que va extreure la seva beina, després a Kalea, que va fer el mateix, i, per acabar, a Iara.

Quan totes tres van tenir la beina de vainilla a la mà, les van posar les unes al costat de les altres per comparar-les.

–Viiiscaaa! He guanyat! –va exclamar Iara.

En efecte: la seva era la més curta; per tant, li pertocava a ella fer cap al Regne de la Foscor.

Samah semblava d'allò més perplexa.

–De debò que t'hi veus amb cor?

–Oi tant! He plantat cara a la guerra del meu regne, m'he entrenat durant molt de temps i he ensinistrat feres ferotges: estic a l'altura de la missió.

Va pensar en la seva estimada Lalima: com li agradaria tenir-la al costat en aquell moment!

–D'acord: em refio de tu –va dir Samah.

–Jo també, Iara, però vés amb molt de compte –li va recomanar dolçament Kalea.

–No us preocupeu: tot anirà bé.

~*~

Tots es van abrigar amb uns mantells de llana gruixuda. A fora, era gairebé negra nit i la tempesta no feia cara de voler minvar.

–N'estàs segura, que te'n vols anar ara?

–Sí, Kalea. No podem perdre més temps –li va respondre Iara–. El gel s'està transformant lentament en una presó eterna.

–Som-hi, doncs! –va dir Haldorr fent cap a la sortida del palau reial.

Van recórrer el pati fins a arribar al portal clavetejat. Purotu, Kalea, Samah i Iara seguien el bibliotecari, esperançats. Tots tenien el cor angoixat, però per motius diferents: el de Purotu hauria volgut marxar cap al Regne de la Foscor; el de Kalea patia per l'enèsima separació i per Nives, que continuava empresonada; el de Samah es preocupava perquè no li passés res de dolent a Iara; i el de la princesa més jove sentia el pes de tota la responsabilitat de salvar Arcàndida i els Cinc Regnes. Però, malgrat la preocupació, aquells cors bategaven alhora, units per l'amor i el desig d'aturar per sempre més el Príncep sense Nom.

Quan van arribar al pont llevadís, tots es van abocar per veure el Fossat Enfervorit.

Des d'aquella altura, feia por: no es veia res, a part d'una boira espessa que semblava voler esborrar tota cosa o persona.

–Què hi ha a sota? –va preguntar Iara, visiblement neguitosa.

–Diuen que no té fons, però vós, princesa, no correu cap perill. Així que us hi haureu llançat, el passatge màgic us conduirà directament al Regne de la Foscor.

Les paraules de Haldorr la van confortar. Però aquell salt al buit posava durament a prova el seu coratge i la seva sang freda.

–Vés amb compte, Iara! –li van dir a cor les seves germanes, tot estrenyent-se els mantells.

Finalment, després d'una llarga abraçada, la Princesa dels Boscos es va acostar al parapet del pont, s'hi va enfilar i, sense mirar enrere, es va llançar al buit, que la va engolir abans que germanes i amics la poguessin veure desaparèixer.

Es pot saber a què treuen cap aquestes cares de por? Que potser us pregunteu si hauríeu tingut el coratge de saltar d'aquell pont? Bona pregunta! Que aixequi la mà qui pensi que hauria saltat. Ningú? En fi, ho comprenc, en aquesta història, només les princeses poden travessar el passatge amb la completa seguretat que no els passarà res de dolent. Nosaltres, en canvi, només podem desitjar que tot vagi bé.

Iara ha estat molt valenta, sí, però és que ella és així: impulsiva i emprenedora... Els altres s'han quedat a Arcàndida, i m'hi jugo el que vulgueu que en passaran de tots colors. A més, us imagineu què passarà si alliberen l'escalfor de la terra de la cova on està guardada?

Sens dubte, Iara necessitarà ajuda, segurament de la seva germana Diamant, la Princesa del Regne de la Foscor. Ella sap on es troba el tubercle que li agrada tant al golafre de Mildents. Tant de bo que no ho reveli a ningú o, si més no, a ningú que tingui males intencions. Com el Príncep sense Nom, per exemple.

Però ara ja no us vull dir res més. Només cal que sapigueu que el Regne de la Foscor és un indret misteriós, al qual només s'hi han aventurat un grapat d'aventurers valents, atrets principalment per les seves famoses Mines de Sal. Per exemple... Us en recordeu de Robí Blau? Si no em falla la memòria, ell hauria de conèixer les mines com el palmell de la seva mà.

I Gunnar? Tranquils, que Gunnar és fort i coratjós. No us preocupeu per ell perquè estic segura que deu haver trobat la manera de sortir il·lès del salt al buit. La pregunta del milió és: amb quin panorama es deu haver trobat el Príncep dels Gels Eterns? Haurà estat capaç de localitzar Helgi i d'avisar Diamant del perill que l'assetja?

Per saber totes aquestes coses us haureu d'enfilar al parapet del pont d'Arcàndida. Sí, ho heu entès bé: l'única manera d'arribar al més profund dels Cinc Regnes és saltar al Fossat Enfervorit. No tingueu por, agafeu-me de la mà i recordeu que el secret és no mirar avall. Ara que tampoc no veuríeu res per culpa de la boira.

Lligueu-vos el mantell ben lligat al voltant del coll i tanqueu els ulls. Ja us avisaré quan els pugueu tornar a obrir.

Preparats? Salteu!

Ja està. Podeu obrir els ulls.

No veieu res?

És normal: benvinguts a les terres profundes del Regne de la Foscor!

Tea Stilton

Índex

Segona Part

ÍNDEX

PROVA DE COMPRA
TEA STILTON
LA PRINCESA DELS BOSCOS

Gran Regne
Fortalesa
dels Reis
Roca
de la Son
Illa Errant
REGNE
DELS BOSCOS
REGNE
DE LA FOSCOR
DE LES TERRES
PROFUNDES